Populaire

Régis ROINSARD
Daniel PRESLEY
Romain COMPINGT

Populaire

Photos du film : Jaïr Sfez
Toute ressemblance avec des personnages existants
ou ayant existé ne saurait être que fortuite.

Retrouvez *Populaire* sur :
www.populaire-lefilm.com

Avant-propos

Chers lecteurs,

Vous avez entre les mains le scénario original de *Populaire*. Pour cette publication, il n'y a eu que très peu de modifications par rapport à la version de tournage du scénario.

Daniel Presley, Romain Compingt et moi-même avons choisi de vous proposer la version la plus authentique possible du script.

Si vous avez déjà vu *Populaire,* vous allez donc, au fil de cette lecture, découvrir une construction dramatique légèrement différente ainsi que des scènes, des dialogues et des événements inédits.

Si cet ouvrage n'est pas une novellisation du scénario à proprement dit, nous avons cependant fait en sorte d'introduire chaque séquence de manière plus « littéraire » afin d'éviter la numérotation des séquences telle qu'elle apparaît traditionnellement dans les scénarios. Ces courtes descriptions introductives rendant la lecture plus fluide et plus agréable pour tous.

Nous espérons que ce livre touchera autant les lecteurs intrigués par l'histoire romantique et sportive de Rose Pamphyle et Louis Echard que les cinéphiles qui, ayant vu le film, aiment déjà *Populaire* et désirent en savoir plus sur cet univers.

Populaire est notre premier scénario porté à l'écran. Nous souhaitons sincèrement remercier les Éditions J'ai Lu et les équipes de Flammarion de l'opportunité incroyable qui nous est donnée de publier l'intégralité de notre texte et de l'agrémenter de documents exclusifs qui ont nourri l'écriture et servi à l'élaboration du film. Aussi, nous désirons remercier tout particulièrement Mlle Mélisa Godet pour son regard, sa vigilance et sa toute bienveillance durant la fabrication de ce livre.

Régis ROINSARD

Un parfum de mystère règne dans la petite rue marchande qui borde la place principale de Saint-Fraimbault, un village normand. L'endroit est désert. Aucun bruit aux alentours, si ce n'est celui du vent, par intermittence.

Éclairée par les réverbères, une machine à écrire flambant neuve, de la marque *Triumph*, trône au centre d'une vitrine. Autour d'elle, outre quelques produits de papeterie, des articles sans aucun rapport – des boîtes de conserve, des jouets, des produits ménagers. Une enseigne surplombe ce curieux tableau : BAZAR PAMPHYLE.

Depuis l'intérieur, les mains peu assurées d'une jeune fille s'approchent de la machine à écrire. Elles renversent au passage quelques boîtes de conserve.

La jeune fille, 21 ans, en chemise de nuit, longiligne, de grands yeux d'enfant, les traits délicats d'une Audrey Hepburn, apparaît derrière les étagères. Elle s'affole et tente de rattraper la pile de conserves qui tombe, mais fait s'écrouler une étagère entière. Elle s'immobilise dans l'obscurité de la boutique et tend l'oreille. Des ronflements lointains et réguliers lui parviennent. Elle se dirige à pas de loup vers le fond du bazar et jette un œil à travers une porte entrouverte ; dans la chambre, un quinquagénaire, petit et râblé, dort profondément.

Sans un bruit, la jeune fille referme la porte derrière laquelle est punaisé un calendrier illustré du Mont-Saint-Michel de l'année en cours, 1958. Elle retourne vers la vitrine et s'empresse de la remettre en ordre. Elle s'empare délicatement de la machine à écrire et la porte avec difficulté jusqu'au comptoir, derrière lequel elle s'installe.

Elle observe longuement l'objet, fascinée. Elle passe une main tremblante au-dessus des touches en bakélite. Elle détache fébrilement une feuille d'un bloc à côté d'elle et la glisse avec une précaution respectueuse dans le rouleau. Après l'avoir cherché un instant, elle enfonce son index droit sur le R, d'une façon solennelle. Elle retient son souffle devant la lettre inscrite sur la feuille. Son index gauche cherche puis s'enfonce sur le O. La jeune fille semble happée par l'exercice. Elle continue de taper avec ses deux index, d'une lenteur hésitante.

Sur la feuille devant elle, elle a finalement écrit :

`rose pamphyle`

En ce début de printemps, un grand soleil illumine les collines de Lisieux, sa cathédrale et son centre-ville.

Dans l'agitation de la ville, quelques très jolies jeunes femmes apprêtées, coiffées de chignons, en tailleurs gris, noirs ou marron, se distinguent parmi les badauds. Elles se bousculent devant une porte en verre qui porte l'inscription ASSURANCES ECHARD & FILS.

À l'intérieur du cabinet, plusieurs demoiselles aux looks similaires sont assises sur une rangée de chaises qui se poursuit dans le couloir attenant à l'entrée. Une candidate sûre d'elle parle bas à sa voisine, l'air d'un oiseau tombé du nid, qui l'écoute avec attention, tandis qu'une troisième, bien en chair, opine.

CANDIDATE SÛRE D'ELLE

La clé, pour être une bonne secrétaire, c'est la discrétion. Il faut se rendre essentielle, mais sans s'imposer. Un patron doit comprendre qu'on en est capable, au premier regard... (*Elle ajuste ses lunettes papillon.*) Porter des lunettes est essentiel.

SA VOISINE (*un peu effrayée*)
Mais je n'ai pas de problèmes de vue.

CANDIDATE BIEN EN CHAIR (*portant aussi des lunettes*)
Et alors ? Moi non plus. Je porte des verres neutres. Les lunettes donnent d'emblée une apparence sérieuse et effacée.

Les dernières venues patientent debout. Toutes s'observent, en faisant mine de lire *Le Petit Écho de la mode* ou *Jours de France*, en se limant les ongles ou en se repoudrant le nez.

CANDIDATE SÛRE D'ELLE (*à sa voisine*)
Pour le reste, vous avez tout bon.

CANDIDATE BIEN EN CHAIR (*elle acquiesce en la détaillant*)
Un maquillage naturel, une coiffure sobre qui reste en place, un usage modéré du parfum...

CANDIDATE SÛRE D'ELLE
Un savon léger, c'est très bien aussi, quand on n'a pas de parfum.

Rose, la jeune fille du Bazar Pamphyle, assise à côté d'elles, écoute la conversation sans en avoir l'air. Le maquillage d'une Marilyn de province, des talons bien trop hauts et une robe jaune à pois rouges, elle détonne singulièrement avec l'assemblée.

CANDIDATE BIEN EN CHAIR
Tout est dans la tenue.

CANDIDATE SÛRE D'ELLE
Et dans la retenue.

Rose sort derechef un mouchoir de sa pochette. Elle enlève son rouge à lèvres rubis et entreprend d'estomper son fond de teint. Le visage maladroitement débarbouillé, elle ajuste sa queue de cheval, fébrile.

Les trois autres lui jettent un regard condescendant, tandis qu'elle esquisse un petit sourire embarrassé à leur adresse. Les candidates se détournent immédiatement d'elle lorsqu'une jeune femme séduisante sort du bureau devant lequel toutes attendent.

CANDIDATE BIEN EN CHAIR
Alors, il est comment ?

JEUNE FEMME SÉDUISANTE (*sourire gourmand*)
Vraiment pas mal.

*
* *

Rose, démaquillée, les mains réunies entre ses jambes, a l'air d'une enfant, tandis qu'elle prend place devant LOUIS ECHARD, 36 ans. En costume noir, très classe, physique et coiffure à la Montgomery Clift, il fume une cigarette avec une nonchalance séduisante, assis derrière son bureau. Il semble un peu fatigué, mais son air désabusé ne fait qu'ajouter à son charme.

LOUIS
Rappelez-moi votre nom, mon chou.

ROSE
Rose Pamphyle. Avec un y. Je suis de Saint-Fraimbault.

LOUIS
Et qu'est-ce qui vous amène par ici, Rose-Pamphyle-avec-un-y ? Saint-Fraimbault, c'est pas la porte à côté.

ROSE
Jusqu'à présent je travaillais pour mon père, dans son drugstore. C'est le numéro un du village...

LOUIS (*il la coupe*)
C'est important, d'être numéro un.

ROSE
J'ai fait mon temps dans le commerce. Et les opportunités sont rares par chez moi. Surtout quand on veut être secrétaire.

LOUIS
Toutes les filles veulent être secrétaire. C'est la dernière mode.

ROSE (*comme une récitation*)
Être secrétaire, c'est moderne. C'est rencontrer un tas de gens, faire le tour du monde, travailler pour de grands hommes.

LOUIS (*amusé*)
Si vous travaillez pour moi, vous ferez simplement le tour de Lisieux.

ROSE
C'est chouette, pour un début.

Louis

La réalité est moins chic que ce qu'on raconte dans les journaux. Les patrons ne vivent pas des aventures incroyables, leurs secrétaires non plus. (*Il écrase sa cigarette et se lève.*) Bon retour chez vous.

Il lui tend la main avec un sourire paternaliste. Rose reste assise, éplorée.

Elle avise une machine à écrire *Hermès* sur une table dans un coin.

Rose

J'ai besoin de ce travail, monsieur Echard. La seule chose que je fais vraiment bien, c'est taper à la machine. J'ai beaucoup pratiqué, vous savez.

Louis

Taper à la machine, c'est le minimum pour une secrétaire.

Louis se dirige vers la porte de son bureau et l'ouvre. Il se retourne : Rose n'est pas derrière lui. Elle s'est assise devant la machine à écrire et s'est emparée d'un contrat d'assurance posé à côté. Louis, surpris par un tel entêtement, s'immobilise. Rose se met à taper de ses deux index et reproduit le contrat, très lentement.

Louis (*railleur*)

Ce n'est pas interdit de taper avec ses dix doigts.

Rose ne l'écoute plus, concentrée sur sa feuille. Progressivement, ses deux index accélèrent sur le clavier, puis vont de plus en plus vite jusqu'à atteindre une vitesse complètement folle.

Louis, estomaqué par une telle dextérité, ne peut s'empêcher d'approcher au plus près de la jeune femme pour être sûr qu'il ne rêve pas. Happée par son clavier, Rose ne remarque même pas que sa queue de cheval se défait sous les secousses et qu'une des bretelles de sa robe tombe sur son avant-bras, dévoilant son épaule. Elle achève la copie en un rien de temps, sort la feuille du rouleau et la tend à Louis avec le contrat d'assurance. Il s'empare immédiatement des deux et constate qu'ils sont parfaitement identiques. En relevant les yeux, il tombe sur Rose, les cheveux en pagaille, le corsage de travers, qui rayonne, très fière, sans se rendre compte de sa mise chaotique. Il est totalement soufflé.

*
* *

Au crépuscule, Rose, fatiguée, descend d'un autocar, place principale de Saint-Fraimbault. Elle enlève ses chaussures à talons, se masse les chevilles d'un air douloureux et traverse la place pieds nus. Elle arrive devant la vitrine du BAZAR PAMPHYLE. La *Triumph* est toujours là.

Rose entre et pose ses chaussures à talons et son sac sur le comptoir, devant Françoise, une jeune fille rondouillarde de son âge, qui tient la caisse.

FRANÇOISE
Alors, comment ça s'est passé ?

Dessin préparatoire décors BAZAR PAMPHYLE
Création Sylvie Olivé.

ROSE (*observe ses chaussures, la mine fermée*)
Les gens me regardaient comme si j'étais déguisée, Françoise.

FRANÇOISE
Je parie que c'était toi la plus belle.

ROSE (*tout de go*)
J'ai été prise.

Françoise pousse un hurlement vainqueur et enlace son amie par-dessus le comptoir. Rose éclate de rire, fière de son petit effet.

ROSE
C'est juste pour une semaine. À l'essai.

FRANÇOISE
Secrétaire ! Tu te rends compte ? Tu pars quand ?

ROSE (*anxieuse*)
Demain.

Jean, le quinquagénaire qui dormait profondément tandis que Rose faisait ses premières frappes sur la *Triumph,* entre dans la pièce, un gros carton dans les bras. L'atmosphère se tend.

JEAN (*à Rose*)
Demain, on officialise tes fiançailles.

Il pose le carton devant Françoise et en sort des boîtes de conserve.

JEAN (*à Françoise, l'air de rien*)
Aidez-moi à étiqueter tout ça avant de partir, mon petit.

Françoise lance un regard coupable à Rose et s'empare de l'étiqueteuse.

FRANÇOISE
Bien sûr, monsieur Jean.

Rose pose un regard dur sur Jean.

ROSE (*colère rentrée*)
Je n'épouserai pas Maurice, papa.

JEAN (*à Françoise*)
Le meilleur parti du village. Fou d'elle. Et elle n'en veut pas. C'est ma Marguerite qui doit se retourner dans sa tombe.

Françoise esquisse un sourire forcé et baisse les yeux en continuant sa besogne.

ROSE (*à Jean*)
Maman n'aurait sûrement pas voulu que je passe ma vie avec un crétin.

JEAN (*à Françoise*)
Sa mère n'aurait surtout pas voulu qu'elle serve de larbin à un homme d'affaires qui se débarrassera d'elle le jour où elle ne sera plus aussi jeune et jolie... Peut-être même avant, s'il obtient ce qu'il veut.

Françoise est de plus en plus mal à l'aise.

ROSE (*furieuse, à Jean*)
Ce qu'il veut, c'est une secrétaire.

Jean lève les yeux au ciel et marmonne, l'air de ne pas y croire une seconde.

ROSE (*elle explose*)
Si tu m'avais laissé travailler pour toi, je n'irais pas faire le larbin, comme tu dis.

JEAN (*à Françoise*)

Elle ne sait même pas faire la différence entre des punaises et des clous à moquette.

Rose envoie valser le carton de conserves sur le sol et part d'un pas sec vers un escalier au fond du magasin. Elle le gravit en courant.

Jean soupire, peiné. Françoise ramasse les boîtes de conserve, dans un silence embarrassé.

JEAN (*à Françoise*)

Maurice pourrait la rendre heureuse. Moi, j'y arrive pas.

Françoise lui lance un sourire sincère mais désolé.

*

* *

Jean s'est endormi dans un fauteuil du salon familial, devant le téléviseur en noir et blanc.

Rose, en tenue de ville, une vieille valise à la main, passe la tête dans la pièce. Elle observe son père, songeuse. Elle s'esquive. Mais elle reparaît quelques secondes plus tard dans l'entrebâillement de la porte et pose sa valise. Elle entre et s'empare d'un plaid en laine sur le canapé. Elle s'approche de Jean et le borde avec. Émue, elle le regarde un long moment, si paisible dans son sommeil. Elle reprend finalement sa valise et part.

Quelques jours plus tard, dans le hall du cabinet d'assurances ECHARD & FILS, les deux index de Rose tapent à une vitesse incroyable sur le clavier de la machine *Hermès* et font un boucan épouvantable.

Louis, en costume noir, est assis derrière son bureau, dont la baie vitrée donne sur l'entrée. Il est en pleine conversation téléphonique, une cigarette allumée à la bouche.

Le bruit des touches continue, entêtant. Il crie presque pour le couvrir.

LOUIS

... Juste pour vous confirmer que j'ai bien fait l'estimation... (*encore plus fort*) L'ESTIMATION !... Excusez-moi.

Louis pose le combiné et se lève sèchement.

Énervé, il arrive dans le dos de Rose. Le look convenu de la parfaite secrétaire, mais le chignon bancal, elle tape, aliénée par son clavier, sans s'apercevoir de sa présence. Louis se calme en détaillant la célérité de la jeune fille et tire sur sa cigarette. Rose s'interrompt et tousse, incommodée par le nuage de fumée. Elle se tourne vers lui.

ROSE
Je ne sais pas si je devrais vous demander ça, monsieur Echard, mais... Est-ce que vous pourriez éviter de fumer au travail ?

LOUIS
Il faudrait qu'il y ait une loi qui m'en empêche, mon chou.

Rose lève les yeux au ciel puis se remet à taper comme une forcenée. Louis s'approche encore, en fixant ses deux index.

LOUIS
Cette machine a été faite pour une femme, pas pour un éléphant.

Rose, pantoise, s'interrompt. Elle reprend sa frappe tout doucement.
Satisfait, Louis retourne derrière son bureau, et saisit le combiné.

LOUIS
Pardon d'avoir été aussi long. Je vous disais donc...

Le vacarme des touches reprend de plus belle. Louis se tait trois secondes et poursuit.

LOUIS
JE VOUS DISAIS QUE...

*
* *

En pleine réunion de travail dans son petit atelier d'architecte, Bob Taylor, 36 ans, grand gaillard à la mâchoire carrée, observe une maquette de Lisieux. Les manches de sa chemise retroussées sur les avant-bras, les mains posées à plat sur la table qui soutient la construction, il avise un long bâtiment fait de cubes en carton, coincé entre des maisons.

Debout derrière lui, deux contremaîtres en blouse blanche, la cinquantaine, l'un grand et grisonnant, l'autre chauve et moustachu, font triste mine.

Le contremaître grisonnant
Il faut se rendre à l'évidence, Bob. On a un problème.

Bob se fend d'un sourire narquois, sans se retourner.

Bob (*avec un accent américain, amusé*)
Vous, les Français, vous voyez des problèmes partout.

Les contremaîtres se regardent, un peu agacés. Le grisonnant désigne le bâtiment.

Le contremaître grisonnant
Le terrain constructible n'est pas assez étendu, il n'y a rien à faire.

Bob
Faites tout monter vers le ciel.

Bob s'empare des cubes qui forment le bâtiment, les sépare et commence à les poser les uns sur les autres, tandis que son sourire s'élargit.

Le contremaître grisonnant
On n'a pas reconstruit la moitié de la ville après la guerre pour finalement la remplacer par New York.

LE CONTREMAÎTRE CHAUVE
Les gens ont besoin de repères.

Bob ne les écoute pas. Il se relève doucement au fur et à mesure qu'il peaufine sa construction.

BOB
The sky is my limit[1].

Le regard de Bob dépasse la tour qu'il vient de former et se pose sur une grande baie vitrée qui donne sur la rue. En face, le cabinet ECHARD & FILS, devant lequel Louis fume une cigarette, l'air pensif. Bob penche la tête, intrigué.

*
* *

Louis aperçoit Bob qui sort de son bureau. L'Américain passe machinalement un coup de manche sur le capot de sa magnifique Buick garée là et traverse. Louis ne peut s'empêcher de sourire.

LOUIS
Ta voiture est plus grande que ton bureau ! Quand est-ce que tu vas te décider à déménager, Taylor ?

BOB
Tu ne crois pas que je vais te laisser tranquille aussi facilement, Echard ! (*Il lui serre la main avec effusion.*) Ma Buick et toi, vous suffisez à

1. « Ma seule limite, c'est le ciel. »

mon bonheur. (*Louis se marre.*) T'es toujours sûr de ton coup ? (*Louis lui jette un regard en biais.*) Tu paries encore sur Fernand ? (*Louis acquiesce. Bob hausse les épaules.*) *As you wish*[1] !

LOUIS
Je te rejoindrai là-bas. Rose a pris du retard.

BOB
Ta nouvelle recrue ? Elle est comment alors ?

LOUIS
Très bien.

Bob, curieux, jette un regard dans le hall.

Rose, le combiné téléphonique calé contre l'oreille, tape sur toutes les touches du boîtier en lançant des « Allô ? » désespérés.

BOB
Elle n'a pas l'air de savoir faire marcher un standard.

LOUIS
Elle n'est là que depuis trois jours.

À travers la vitre, Rose raccroche rageusement et prend une pile de dossiers. Elle monte sur une chaise pour la ranger dans les étagères au-dessus d'elle… et fait tout tomber.

1. « Comme tu veux ! »

Bob se marre.
Rose descend de la chaise et se penche pour récupérer les dossiers.
Bob ne rit plus. Il observe avec attention les fesses de la jeune fille.

BOB (*à Louis*)
Celle-là, c'est sûr, tu ne l'as pas embauchée pour ses qualités professionnelles !

Louis se fend d'un petit sourire en observant Rose.

*
* *

Deux boxers mi-lourds s'affrontent au milieu de la salle des fêtes de Lisieux. Autour du ring, la bannière ROBERT TAYLOR ENTREPRISE – travaux publics. La foule est en délire. Fernand, le plus petit des combattants, se prend un coup droit magistral. Son adversaire semble bien plus véloce.
Au pied du ring, Louis, toujours en costume, allume rageusement une cigarette, tandis que Bob remue des poings comme s'il était en train de combattre.

LOUIS
... En cinquante, La Motta était largement mené aux points par Dauthuille, et il l'a mis K.-O. juste à la fin du quinzième round !

Bob
Peut-être, mais en attendant tu as encore misé sur le mauvais cheval.

Louis
Les outsiders ont soif de victoire. Tous les champions ont d'abord été des outsiders.

Bob
La plupart des outsiders restent des outsiders. Arrête de croire aux miracles.

Fernand encaisse encore un coup. Bob est ravi.

Louis
C'était pas un miracle, Joseph Guillemot, en 1920 ?

Bob
Here we go again[1]...

Louis
Le gars a remporté le 5 000 mètres aux J.O. d'Anvers alors qu'il avait un poumon en moins ! (*Il passe soudain sa tête au-dessus des cordes.*) Bon Dieu, Fernand, ta garde !

Fernand jette un regard surpris à Louis. Déconcentré, il reçoit un uppercut de plein fouet et manque de tomber. Bob est hilare.

---

1. « Et allez, c'est reparti... »

L'entraîneur de Fernand, au bas du ring, se retourne et bombe le torse en direction de Louis.

L'ENTRAÎNEUR
T'as qu'à prendre ma place, Louis. Comme ça, je pourrai rentrer chez moi.

Louis acquiesce et se dirige vers l'entraîneur. Bob le retient.

BOB (*à Louis*)
Vous, les Français, vous pensez que tout le monde peut être le coach.

LOUIS
C'est ce qu'on appelle l'amour du sport.

BOB
Et vous utilisez aussi le mot « amour » *a little too much*[1].

Un bruit sourd interrompt leur discussion. Fernand vient de s'écrouler sur le ring. Son adversaire lève les poings sous les hourras du public. Louis grimace de douleur comme si c'était lui qui avait été mis K.-O. Il tend une liasse de billets à Bob, qui la met fièrement dans sa poche.

*

* *

1. « Un peu trop. »

La Buick de Bob se gare devant une belle maison à l'architecture moderne, dans un style très américain. Bob sort de sa voiture, tandis que Louis, au volant d'une rutilante Dyna Panhard, arrive à sa hauteur.

BOB
Tu viens boire un coup ?

LOUIS
Tu veux peut-être passer le reste de la soirée en famille ?

BOB (*avec un clin d'œil*)
Well... Justement.

Louis, touché, éteint le moteur et suit son ami.

*
* *

Le salon d'un intérieur soigné et dernier cri. Une jolie rousse, Marie, 35 ans, joue *Happy birthday* au piano, tandis qu'un petit garçon, Joe, 10 ans, et une fillette, Simone, 8 ans, chantent à tue-tête l'hymne d'anniversaire, l'un en français, l'autre en anglais.
Louis les observe avec tendresse, Bob assis à ses côtés. Un gros gâteau, bougies allumées, est posé devant eux.

BOB (*à Louis*)
Chaque année, on te fait la surprise. Et le pire, c'est que chaque année, tu es surpris !

Louis applaudit les jeunes interprètes et ouvre grands ses bras dans leur direction.

LOUIS
Joe, Simone, venez là. Vous étiez parfaits !

Les enfants se ruent vers lui. Il leur fait à chacun une grosse bise sur le front.

MARIE (*à Louis*)
Et moi ? Je n'ai même pas droit aux encouragements du jury ?

Louis
Tu le sais déjà, Marie, que tu es parfaite. Je te le répète depuis l'école primaire.

Marie lui pince la joue comme s'il était un enfant. Elle s'assoit sur les genoux de Bob et l'embrasse à pleine bouche. Louis prend une grande inspiration pour souffler ses bougies.

Marie
Attends ! Fais un vœu !

Louis (*il les regarde*)
J'ai déjà tout ce qu'il me faut.

Simone
Dis, Louis, pourquoi t'es pas marié ?

Marie (*regard amusé et inquisiteur à Louis*)
C'est vrai, ça, pourquoi ? En voilà un vœu formidable.

Joe (*à Louis*)
T'as pas d'amoureuse ?

Bob
Il en a plein, oui !

Simone et Joe regardent les adultes sans comprendre. Marie lance un regard désapprobateur à Bob tandis que Louis se marre.

MARIE (*à Louis*)
Avoir plein d'amoureuses, ça revient à n'en avoir aucune.

LOUIS
Ça me va.

SIMONE (*à Bob*)
Papa, raconte encore comment maman et toi vous vous êtes rencontrés.

MARIE (*à Simone*)
Tu connais l'histoire par cœur.

BOB
C'est pas grave, c'est mon histoire préférée à moi aussi.

Marie lèvre les yeux au ciel et s'éloigne vers le buffet où elle prend des assiettes à dessert.

BOB (*à Simone et Joe*)
Quand je suis venu d'Amérique pour libérer la France...

LOUIS (*à Bob, moqueur*)
... Toi, comme des milliers d'autres soldats !

BOB (*esquivant la remarque de Louis*)
D'abord, les marines ont pris d'assaut les plages de Normandie...

LOUIS (*à Simone et Joe*)
... Ce qu'ils n'auraient pas pu faire sans notre aide.

BOB (*à Simone et Joe*)
Anyway[1], je devais atterrir derrière les lignes ennemies, et...

LOUIS (*à Simone et Joe*)
... Il s'est gouré puisqu'il a atterri sur la grange de votre grand-père !

Joe et Simone rigolent, ravis de la joute verbale entre leur père et Louis.

BOB
Peut-être, mais c'est moi qui ai épousé votre maman. (*Il pose un regard empli de désir sur Marie.*) C'était la plus belle fille du coin.

LOUIS
Et elle l'est toujours.

JOE
Dis, Louis... Tu crois qu'une femme pourrait atterrir en parachute sur ton toit ?

Bob, Louis et Marie éclatent de rire.

1. « Quoi qu'il en soit. »

C'est la fin de la semaine d'essai pour Rose. Le chignon bancal, en tenue de secrétaire, elle est assise face à Louis dans son bureau, nerveuse comme au premier jour de leur rencontre.

LOUIS (*en tendant son paquet, moqueur*)
Cigarette ?

Rose lui répond par un rictus.

LOUIS
Rose, je vous observe depuis une semaine. Je ne suis pas sûr que vous soyez très heureuse ici.

ROSE (*très fière*)
J'ai acheté un manuel de sténo pas plus tard qu'hier, monsieur Echard.

LOUIS (*il la fixe*)
Oubliez la sténo.

ROSE
Je vais m'accrocher, oui. Vous verrez comme je vais…

LOUIS
Vous allez perdre votre temps.

ROSE
Pas du tout. Regardez, je maîtrise parfaitement le standard maintenant. Enfin presque. Et si…

LOUIS (*il la coupe*)
Je ne pense tout simplement pas que votre avenir soit auprès de moi. (*Rose se décompose, anéantie.*) À moins que… vous acceptiez de faire un petit quelque chose.

ROSE
Tout ce que vous voudrez.

LOUIS (*sourire en coin*)
J'ai ça en tête depuis que je vous ai vue entrer ici. Ça ne concerne pas le travail à proprement dit. Mais je suis sûr que ça vous rendrait plus heureuse, mon chou. Et moi aussi.

Rose blêmit au fur et à mesure de son discours.

LOUIS (*amusé*)
C'est moins désagréable que ce que vous avez l'air de croire.

Rose se lève d'un coup.

ROSE (*outrée*)
Levez toutes les poules que vous voulez, mais laissez-moi tranquille.

Bouleversée, elle sort. Après un bref moment de stupeur, Louis ouvre son tiroir, en tire à toute vitesse une affichette jaune, la met dans sa poche et se rue à la poursuite de sa secrétaire.

Rose s'éloigne du cabinet à grandes enjambées et traverse la rue en défaisant son chignon rageusement.

LOUIS
Rose !

Louis arrive à sa hauteur et marche d'un pas aussi soutenu que le sien.

LOUIS
Vous vous méprenez complètement.

ROSE
C'est vous qui vous mettez le doigt dans l'œil si vous pensez que c'est aussi facile que ça de m'avoir dans son lit !

Une vieille dame sur leur chemin n'en croit pas ses oreilles. Louis la salue, solennel, tout en poursuivant Rose.

LOUIS
Madame Berliat...

La vieille s'éloigne en lui jetant des regards suspicieux. Louis attrape Rose fermement par le bras et tente de la ramener vers le cabinet.

LOUIS
Vous êtes fêlée. Il faudrait être sacrément abruti pour vous faire des avances.

ROSE (*vexée*)
Vous vous croyez malin, dans vos costumes comme il faut ? Vous ne me faites ni chaud ni froid, monsieur Echard !

LOUIS (*excédé*)
C'est bien réciproque.

ROSE (*furieuse*)
Tant mieux.

Elle plante ses yeux dans les siens. Il soutient son regard. Immobiles au milieu de la rue, leurs visages ne sont qu'à quelques centimètres l'un de l'autre. Le temps semble suspendu.

Louis se racle la gorge. Il sort finalement l'affichette jaune de sa poche et la lui tend.

LOUIS
C'est là que je vous veux, pas dans mon lit.

Elle s'empare du papier et le parcourt. Elle tombe des nues.

Dimanche
25
Mai
à 15 h.

FEDERATION FRANÇAISE DE DACTYLOGRAPHIE

VILLE DE LISIEUX

SALLE OMNISPORT

ET

LA SOCIÉTÉ DE MÉCANOGRAPHIE JAPY

PRÉSENTENT :

CHAMPIONNAT RÉGIONAL
DE VITESSE
DACTYLOGRAPHIQUE

INSCRIPTION
AUPRÈS DE
L'UNION
STÉNOGRAPHIQUE
DE LISIEUX,
32, RUE DUGUAY-TROUIN

Affiche Championnat régional de vitesse dactylographique
Création équipe décoration.

ROSE
C'est vraiment tout ce que vous voulez que je fasse pour garder ma place ? Participer à un concours ?!

LOUIS (*sans appel*)
Non. Pas participer. Gagner.

Rose fixe l'affichette bouche bée.

*
*   *

Cette même affichette est collée à l'entrée de la salle des fêtes de Lisieux et annonce le Championnat régional de vitesse dactylographique, sponsorisé par la marque de machine à écrire Japy. Plusieurs retardataires se pressent à l'entrée.

Une quarantaine de participantes de tous âges, assises devant des tables soigneusement disposées en rang, face à leur machine à écrire, ont chacune un dossard. Rose, minuscule au milieu de cet imposant dispositif, porte le numéro 15.

Il y a foule dans les gradins. Bob et Louis, côte à côte, observent la mise en place de la compétition.

BOB (*à Louis*)
Tu m'emmènes où, la prochaine fois ? Au marathon de la couture ?

NNAT REGIONAL 1958
DACTYLOGRAPHIQUE

LOUIS

Pendant la première manche, elles doivent taper au moins trois cent soixante caractères à la minute ! Tenir toute la compétition, ça demande autant d'effort que de courir un 5 000 mètres.

BOB

Taper sur des touches, moi aussi je peux le faire.

Une jeune fille, assise derrière eux, souffle dans une corne de brume.

Bob et Louis sursautent. Une autre, surexcitée, se penche à leur hauteur.

LA JEUNE FILLE SUREXCITÉE (*à Bob*)

Ah oui ? Dites donc ça aux membres du jury !

Bob n'en croit pas ses oreilles.

BOB

Le jury ?!

Son amie se penche à son tour.

L'AMIE (*à Bob*)

Chaque frappe fausse, intervertie ou manquante, chaque mot écrit en trop, chaque interligne non respecté, c'est cent caractères comptabilisés en moins !

La jeune fille surexcitée

Il n'y a que seize qualifiées, en dix minutes seulement ! Puis huit, puis quatre pour les manches suivantes...

Louis la coupe, gagné par son enthousiasme.

Louis

... Et les deux dernières s'affrontent sur une finale de cinq minutes.

La jeune fille surexcitée

J'aimerais bien vous voir à la place de ces filles !

Louis acquiesce vigoureusement.

L'amie

Elles sont sensass !

Bob (*la singeant*)

« Elles sont sensass »...

La jeune fille surexcitée hurle en direction des participantes. Son amie souffle dans sa corne de brume. Bob sursaute.

Louis (*ravi*)

Il y a un titre national en jeu après les régionales...

Bob (*pas convaincu*)

C'est quoi, le record du monde ?

LA JEUNE FILLE SUREXCITÉE et LOUIS (*simultanément*)
Cinq cent douze caractères à la minute !

Louis et la jeune fille se regardent, mutuellement impressionnés par leurs connaissances.

L'AMIE (*péjorative*)
C'est une Amerloque qui le détient.

BOB (*soudain ravi, aux trois autres*)
Bah, fallait le dire !

Bob s'empare de la corne de brume et souffle un grand coup dedans.

À la gauche de Rose, le dossard 17 positionne son pupitre et s'installe sur une pile de coussins. À sa droite, le dossard 19 cale sa machine à écrire entre deux étaux de fonte et embrasse une figurine de la Sainte Vierge, qu'elle pose sur sa table. Devant Rose, le dossard 22 fait des étirements en respirant bruyamment. Rose, qui ne fait rien de tout ça, n'en mène pas large.

Louis (*à Bob, désignant Rose*)
Elle est nulle pour tout, mais quand elle tape à la machine, elle est rapide, puissante et concentrée. Tu vas voir.

Le dossard 17 se balance sur sa chaise pour vérifier qu'elle est bien en place. Rose l'imite... et tombe à la renverse.

Louis secoue la tête, agacé. Le regard mauvais, il se tourne vers Bob qui n'a rien perdu de l'action.

Bob (*amusé*)
Je n'ai rien dit.

Rose se relève et reprend place, mortifiée, sous le regard moqueur de quelques concurrentes.

Le juge-arbitre, la quarantaine, fait retentir son sifflet.

Chaque candidate met les mains juste au-dessus de son clavier.

Rose imite les autres.

Louis retient son souffle.

Le juge-arbitre siffle à nouveau et l'aiguille d'un gros chronomètre, visible par le public et les candidates, démarre sa course.

Les jeunes femmes retournent la première feuille du texte qu'elles ont à taper d'un mouvement commun, la posent sur leur pupitre et se jettent sur leur clavier.

Un peu perdue, Rose le fait avec un temps de retard.

Le brouhaha de toutes les machines résonne dans la salle accompagné par les encouragements du public.

Rose tape très lentement, de ses deux index, quand toutes tapent avec leurs dix doigts.

Certaines sont incroyablement habiles ; le dossard 17 s'allume une cigarette et fume tout en ne perdant rien de son tempo de frappe. Le dossard 19, à chaque changement de ligne, envoie son chariot avec une forc e folle, ce qui fait immanquablement sursauter Rose. La machine à écrire de sa rivale est retenue *in extremis* par les étaux qui l'entourent.

Louis, les poings serrés, penché en avant, ne quitte pas Rose des yeux.

LOUIS (*entre ses dents*)
Allez... Allez...

Les deux index de Rose gagnent progressivement en vitesse.

Ils tapent bientôt à un rythme aussi soutenu que les autres.

Le souffle de Louis s'accélère.

Rose est maintenant happée par la transe de la compétition.

Une bonne moitié des candidates place simultanément une seconde feuille dans la machine. Rose retire tout juste la première du rouleau, en même temps que les retardataires, mais se relance dans la course.

L'atmosphère est de plus en plus folle dans la salle des fêtes ; le public est en délire, le bruit des touches devient aliénant, les feuilles s'impriment de centaines de lettres et de mots différents à une vitesse vertigineuse, dans des typographies variées, selon les marques des machines. Plusieurs participantes, à bout de souffle, émettent un cri aigu à chaque fois qu'elles ramènent leur rouleau.

L'aiguille du chronomètre continue sa course, impitoyable.

La Vierge posée devant le dossard 19 tombe sous les secousses du pupitre et se brise sur le sol.

Le dossard 22 renverse sa pile de papier d'un geste brusque. Les feuilles atterrissent aux pieds de Rose avec fracas. Rose ne relève pas la tête. Comme la plupart des filles, elle est en sueur.

De la sueur perle aussi sur le front de Louis. Son corps est complètement tendu.

LOUIS (*entre ses dents*)
Oui... Oui... Vas-y...

Bob se tourne vers Louis, impressionné par son implication. Louis ne le regarde plus du tout. Seule Rose existe.

Rose place une troisième feuille dans la machine, en même temps que quelques autres, qui sont dans les plus rapides.

Le dossard 22 se penche pour ramasser une feuille, mais tremble, panique et finit par éclater en larmes sur sa chaise, renonçant à la compétition. D'autres candidates n'en peuvent plus à leur tour et s'arrêtent en hurlant, en tapant violemment leur machine, en envoyant rageusement valser leurs chaises avant de s'enfuir ou en s'effondrant sur elles-mêmes.

Le chronomètre indique déjà huit minutes.

Le juge-arbitre s'apprête à siffler.

Les deux index de Rose volent à une vitesse incroyable.

Louis l'observe intensément, un bonheur proche de la jouissance sur le visage. L'air victorieux, il se tourne vers Bob...

*
* *

Au volant de sa voiture, cigarette au bec, Louis ne quitte pas la route des yeux, la mâchoire serrée et l'air sombre. Sur le siège passager, Rose est complètement abattue. Le silence, pesant, est interrompu par Bob qui sifflote à l'arrière.

BOB (*à lui-même*)
Je me doutais bien qu'elle irait loin, la 19. C'est pas des bras qu'elle avait, celle-là, c'est deux gros jambons !

Louis donne un coup violent dans le volant. Rose tressaille.

LOUIS
Trois cent cinquante-huit frappes ! À deux caractères près, on se qualifiait ! (*À Rose, qui baisse les yeux*) Si vous aviez tapé avec dix doigts, comme les autres, tout aurait été possible.

Un silence de mort accueille ses paroles.

BOB (*il se penche vers Rose*)
Don't worry[1]. Ce sport n'est pas fait pour les maladroites.

Il s'esclaffe.

ROSE (*humiliée, à Louis*)
Arrêtez-vous. (*Louis continue de conduire. La colère de Rose monte d'un cran.*) S'il vous plaît, arrêtez-vous. Je finirai à pied.

---

1. « Ne vous inquiétez pas. »

Louis ne l'écoute toujours pas. Rose, tremblante, essaie d'ouvrir sa portière alors que la voiture est en marche. Elle n'y arrive pas ; et pour cause : c'est sur la manivelle pour baisser la vitre qu'elle s'acharne, tant et si bien qu'elle l'arrache en partie. Louis freine d'un coup, se penche sur Rose et ouvre la portière en actionnant la vraie poignée. Rose se sent bête.

LOUIS
C'était devant la machine qu'il fallait vous énerver. Maintenant c'est trop tard.

ROSE (*hors d'elle, désignant la portière*)
J'aurais pu l'ouvrir toute seule. Je suis peut-être maladroite, mais je ne suis pas infirme !

Elle sort et claque la portière derrière elle.

BOB
Ne l'inscris jamais à un concours de tir. On y passerait tous.

Louis fulmine.

*
* *

Dans un bar enfumé et bruyant de Lisieux, la clientèle, principalement masculine, est déjà bien avinée. Au fond, à côté des toilettes, Rose prend une profonde inspiration et glisse une pièce dans un téléphone. Elle demande un numéro à l'opératrice, d'une voix hésitante. Elle patiente, le combiné contre l'oreille.

Rose
Allô ? Papa ? C'est moi… Papa ? Allô ?

À l'autre bout du fil, on a raccroché. Rose, fébrile, redemande le même numéro. On décroche.

Rose
Allô… ? Ah, Françoise… J'ai eu papa, mais ça a coupé… Ah… Ah bon. (*Un temps. Rose prend sur elle pour ne pas pleurer.*) Mais non, ne sois pas désolée… C'est lui qui est à plaindre… Moi ? Ça va. Tout le monde est très sympa. Il faut dire que les gens sont beaucoup plus ouverts qu'à Saint-Fraimbault…

Un jeune gars sort des toilettes et lui pose sans ménagement une main sur les fesses. Rose sursaute, le repousse tant bien que mal et s'accroche au combiné.

Rose (*au téléphone*)
Là ? Je suis dans un café, avec des copains… Je dois te laisser. À bientôt.

Elle raccroche et jauge le garçon qui s'installe à une table plus loin, à côté d'un autre, qui tire sur sa cigarette. Ils la dévisagent en ricanant. Rose est trop triste pour réagir.

*
* *

Derrière le comptoir d'une modeste pension de jeunes filles, la propriétaire de la résidence, une quadragénaire à l'air pincé, tend une clé à Rose.

LA PROPRIÉTAIRE
Vous empestez toujours autant le tabac, mademoiselle Pamphyle. Vous vous pensez sans doute au-dessus des règles de cet établissement ?

Rose prend sa clé, signe le registre et s'éloigne sans un mot.

La propriétaire la suit des yeux, réprobatrice.

LA PROPRIÉTAIRE
C'est une pension pour jeunes filles sérieuses, ici.

Rose, lasse, monte les escaliers sans se retourner.

*
* *

Réfugiée dans sa chambre, une pièce vétuste aux murs nus, elle sort sa valise d'un placard, la lance sur le lit et commence à y jeter en boule tous ses vêtements en pleurant de rage. On frappe. Elle sèche ses larmes à la va-vite, ce qui n'a pour effet que d'étaler son mascara sur ses joues, lui donnant un air affreux. Elle va ouvrir.

Louis lui fait face sur le seuil et la dévisage. Derrière lui, plusieurs jeunes filles de la pension se sont amassées. Elles chuchotent et ricanent en les espionnant. Louis ne leur prête aucune attention et entre, tout en fixant Rose qui soutient son regard.

LOUIS
Décidément, vous avez les nerfs fragiles, mon chou.

ROSE
Arrêtez de m'appeler mon chou. J'ai un prénom, comme tout le monde.

Sans même se retourner, Louis claque la porte au nez des spectatrices d'un coup de pied.

LOUIS
Une défaite n'est pas forcément une mauvaise chose.

Prise au dépourvu, Rose lui tourne le dos et s'empare de sa valise, qu'elle essaie de fermer, en vain, en appuyant dessus comme une forcenée.

ROSE
Pour vous ! Demain vous trouverez un autre poulain pour passer le temps ! Moi je vais retourner à Saint-Plouc-les-Oies épouser le fils du garagiste, et tout le village me montrera du doigt parce que j'ai pas été fichue de garder ma place plus d'une semaine, parce que j'ai voulu croire qu'ailleurs on me verrait autrement que comme une idiote, et parce que j'ai toujours été la risée de tout le monde.

Rose donne un coup violent sur sa valise et réussit enfin à la fermer.

LOUIS
Personne ne vous oblige à rentrer à Saint-Plouc... (*il se reprend*) Fraimbault.

Rose se dirige vers la sortie en défiant Louis du regard. Le verrou de sa valise craque soudain sous la pression, et les vêtements de la jeune fille explosent dans la pièce. Louis réprime un rire.

ROSE (*au bout du rouleau*)
J'aurais peut-être le choix si j'étais un homme.

Elle se laisse choir sur le lit, la valise éventrée à ses pieds. Louis s'approche d'elle.

LOUIS
Vous êtes peut-être seulement douée pour taper à la machine, mais être douée pour une seule chose, dans ce monde, c'est assez.

ROSE
Assez pour passer pour une cruche, oui.

LOUIS
Je voudrais que vous participiez à la prochaine édition.

ROSE
Et moi je voudrais que vous me fichiez la paix. On n'a pas toujours ce qu'on veut dans la vie.

LOUIS
Je vous entraîne. Je prends tout en charge et je vous installe chez moi.

Rose
Chez vous ?!

Louis (*pris au dépourvu*)
Oui, ça serait plus… pratique.

Rose croise les bras et reste pensive quelques secondes.

Rose
Vous m'embauchez pour de bon si j'accepte ?

Louis
Vous êtes une secrétaire lamentable.

Rose semble sur le point de pleurer à nouveau. Louis grimace.

La Dyna Panhard de Louis est garée devant une grande et vieille demeure normande, à l'extérieur de la ville. Le crépuscule tombe sur la campagne environnante.

Louis sort la valise de Rose du coffre de la voiture. Rose, l'imposante machine à écrire *Hermès* dans les bras, se fige, impressionnée par l'endroit.

Louis

Vous prendrez ma bicyclette pour aller ouvrir le cabinet. J'arriverai en voiture un peu plus tard. Même chose à la fermeture. Les gens ne doivent pas savoir que vous vivez chez moi. Ça jaserait.

Il ouvre la porte de la maison et entre. Après une hésitation, Rose le suit, en peinant sous le poids de la machine.

Elle pénètre dans le hall tout en marbre. La pièce s'ouvre sur un vaste salon, dont l'un des murs est occupé par une grande bibliothèque. Tout est rangé au millimètre. La décoration est très datée 1920.

Rose s'avance au pied du large escalier qui débouche dans la pièce.

ROSE (*elle pouffe*)
La vache, on se croirait dans *Autant en emporte le vent* !

LOUIS
C'est mon père qui a tout fait construire.

ROSE
C'est rare d'avoir les mêmes goûts que son père.

LOUIS (*agacé*)
Je n'ai jamais eu le temps d'arranger à ma sauce, c'est tout.

Louis devance Rose jusqu'à la table de la salle à manger.

LOUIS
On s'entraînera ici. Tous les soirs et tous les week-ends.

Rose acquiesce à nouveau et pose la machine à écrire avec soulagement sur la table.

LOUIS
Je ne compte pas vous demander de la ramener au bureau chaque matin. J'en rachèterai une. (*Rose semble rassurée.*) Quoique... Ça ne peut pas vous faire de mal de travailler un peu vos biceps.

Louis s'éloigne, amusé par l'expression affolée de Rose.

LOUIS
Venez. Je vais vous montrer votre chambre.

Rose entre dans une chambre avec un lit simple, dans laquelle se trouvent des tas de magazines de sport empilés sur une commode d'enfant, des gants de boxe accrochés au mur, des raquettes de tennis dans un coin, et des photos encadrées sur une étagère, de Louis, jeune, qui pratique tout un tas d'activités sportives. Elle remarque quelques trophées posés en vrac et s'en approche.

LOUIS
Ne faites pas attention à ces vieux machins.

Rose ne l'écoute plus. Elle détaille les coupes de golf, de natation, de cross, au nom de Louis – toutes récompensent des places de second ou de troisième.

ROSE
Vous avez été un sacré athlète !

LOUIS (*il hausse les épaules*)
Je n'avais pas l'étoffe d'un champion.

ROSE
Peut-être, mais vous étiez sportif !

LOUIS
Sentez-vous libre de changer la décoration.

ROSE

Je ne voulais pas vous vexer, monsieur Echard.

Louis fait mine de ne pas relever et s'apprête à sortir.

LOUIS

Si vous avez besoin de moi, ma chambre est à l'étage, au bout du couloir. (*Ironique.*) Ne vous inquiétez pas. Je ne risque pas de vous sauter dessus. C'est une très vieille maison, les escaliers grincent au moindre pas, vous m'entendriez descendre à des kilomètres à la ronde.

Il sort. Rose s'assoit sur le lit et détaille l'une des photographies.
Sur le cliché, Louis, à peine vingt ans, pose avec des gants de boxe. Il a l'air radieux.

*
* *

Le téléphone du standard sonne dans le hall de ECHARD & FILS. Rose, pimpante derrière le comptoir, décroche avec emphase.

ROSE

Agence Echard & Fils, j'écoute !

Louis, qui cherche un dossier sur l'étagère, l'observe du coin de l'œil.

Rose

... Tout à fait, oui... M. Echard reçoit tous les matins... Jeudi, 10 heures... ?

Tout en parlant, Rose se saisit d'un stylo et cherche un bloc-notes à l'aveuglette, qu'elle ne trouve pas dans le désordre des papiers dont elle a jonché sa tablette.

Rose

Monsieur... ? Constant. D'accord... c'est noté.

Rose prend la main droite de Louis, qui manque de perdre l'équilibre. À la va-vite, elle inscrit les coordonnées de son interlocuteur au creux de la paume de son patron, surpris.

Rose

Bonne journée, monsieur Constant !

Elle raccroche et désigne sa paume à Louis, comme si le fait d'avoir pris des notes sur lui était tout à fait normal.

Rose

C'est pas un D, mais un T à la fin. Je ne sais pas si c'est très lisible ?

Louis la regarde, muet d'étonnement.

La porte du cabinet s'ouvre sur M. et Mme Blaiseau, un charmant couple de sexagénaires. Ils s'arrêtent quelques secondes sur le curieux tableau qu'offre

Rose, la main de Louis dans la sienne. Louis se redresse et retire sa main précipitamment.

Louis (*au couple*)
Laissez-moi vous présenter Mlle Pamphyle, ma nouvelle secrétaire.

Rose est tellement fière qu'elle lâche un petit rire nerveux. Les clients la regardent, interloqués.

Louis (*au couple, désignant son bureau*)
Si vous voulez bien me suivre...

MADAME BLAISEAU

Ce ne sera pas nécessaire, jeune homme. Nous ne serons pas longs.

LOUIS

Pas de problème avec votre constat, j'espère ?

Rose perd son sourire, la mine de celle qui a fait une bêtise.

MADAME BLAISEAU

Je ne vois pas où il est écrit dans notre police d'assurance que vous devez repeindre notre clôture un dimanche.

LOUIS (*avec un clin d'œil*)

C'est écrit en petits caractères, madame Blaiseau.

M. Blaiseau sort une bouteille du panier de sa femme.

MONSIEUR BLAISEAU

Dans ce cas, vous devez accepter ça.

Louis s'empare de la bouteille et regarde l'étiquette, sous le regard ébahi de Rose.

LOUIS

1949 ? Non, je ne peux pas...

Madame Blaiseau
Faites pas l'andouille avec moi. Je vous connais depuis que vous êtes comme ça.

Elle place sa main en dessous de sa cuisse.

Louis
Une femme aussi jeune que vous n'a pas pu me connaître quand j'étais aussi petit.

Elle sourit, flattée. Rose ne peut s'empêcher de pouffer, surprise par la flatterie exagérée de son patron. Ce dernier lui lance un regard furieux tandis que Mme Blaiseau se rembrunit. Un petit malaise collectif se fait sentir. Rose reprend une posture appliquée derrière sa machine.

*
* *

Bob, en tenue de sport, essoufflé et en sueur sur un terrain de tennis, fait un service vigoureux dans une lumière de fin de journée. De l'autre côté du court, Louis, en sueur lui aussi, mais l'air plus en forme, lui renvoie la balle avec dextérité. Les deux hommes commencent un échange vif, au cours duquel Louis se montre implacable. Bob se démène comme un beau diable, mais perd peu à peu de sa superbe. Il envoie la dernière balle dans le filet.

Bob (*reprenant son souffle*)
Je croyais que c'était un match amical !

LOUIS
Il n'y a jamais de match amical pour les vrais athlètes, Taylor !

BOB (*gentiment moqueur*)
Un athlète ? Où ça ? Je vois qu'un assureur.

Louis se fend d'un sourire radieux et bombe le torse.

LOUIS
Tu as devant toi l'entraîneur de la future championne Basse-Normandie de vitesse dactylographique.

Bob tombe des nues.

BOB
Echard... Quand on embauche une secrétaire, on la fréquente et on l'épouse ! On ne l'inscrit pas à des concours !

LOUIS
Sans entraînement, elle va déjà à toute berzingue. Je peux pas passer à côté d'un don pareil.

BOB
Avec ta chance, il fallait que le seul talent que tu déniches soit une fille qui tape à la machine !

LOUIS

J'en ai connu, des champions, dans ma vie, mais personne qui ne supporte de perdre à ce point. Tu l'as vue comme moi. Elle a un potentiel formidable.

BOB

Couche avec elle, ça lui fera plus de bien qu'une médaille.

LOUIS

Un entraîneur ne couche pas avec sa sportive, c'est la contre-performance assurée.

BOB

Elle n'est pas faite pour la compétition de haut niveau.

LOUIS

Tu paries ?

Bob soupire et finit par acquiescer en haussant les épaules.

BOB

All right[1]... Pari tenu ! Ça devient fatigant. Je suis toujours sûr de gagner.

Bob reprend la balle et la lui envoie. Louis la récupère avec habileté de la main droite.

---

1. « D'accord... »

LOUIS
Je vais te battre, cette fois. Rose est un petit animal sauvage et craintif. Tout ce dont elle a besoin pour exploser, c'est de quelqu'un qui s'occupe d'elle.

BOB (*amusé*)
Ta gentillesse te perdra, Echard.

En mettant la balle dans sa main gauche pour servir, Louis s'aperçoit que *M. Constant, jeudi 25 mars, 10 heures,* le gribouillage de Rose, s'est inscrit dessus, assez distinctement, à l'envers. Il observe, intrigué, l'effet de calque.

Il se concentre à nouveau et sert.

*
* *

Rose, à l'accueil du cabinet, retranscrit un contrat en tapant de ses deux index, à toute vitesse, en faisant un bruit du tonnerre. Louis sort de son bureau et se poste devant elle en retirant des boules Quies de ses oreilles.

LOUIS
Quitte à faire autant de boucan, tapez avec vos dix doigts.

Rose s'interrompt.

ROSE
J'en suis incapable.

LOUIS
Il va falloir dépasser vos limites, mon chou.

Piquée au vif, Rose se remet à dactylographier de ses deux doigts.

ROSE
Mon patron a besoin de ce contrat le plus vite possible.

LOUIS
Votre entraîneur a besoin que vous perdiez cette mauvaise habitude.

ROSE (*continuant de taper*)
La journée, je suis secrétaire.

LOUIS
Votre patron pourrait bien refuser tous les documents dactylographiés à seulement deux doigts.

Rose s'arrête.

ROSE
Vous n'avez pas le droit de faire ça !

LOUIS
J'ai tous les droits. Vous vouliez travailler ? Bienvenue dans le monde du travail.

Rose est outrée mais n'a pas le temps de réagir.

*

* *

Le soir, à l'heure du souper, Rose est assise devant la machine *Hermès*, toujours posée sur la table de la salle à manger, qu'elle observe, incrédule.

Toutes les touches ont été peintes de couleurs différentes selon les zones du clavier et les lettres écrites en noir par-dessus.

Louis, très concentré, sort quelques livres de sa bibliothèque et les pose devant elle : *À la recherche du temps perdu, Madame Bovary, Le Rouge et le Noir, Les Liaisons dangereuses*...

LOUIS
Je veux que vous tapiez un livre par mois jusqu'à la compétition. Soit douze en tout.

Rose prend le journal *L'Équipe* qui traîne non loin et le brandit.

ROSE
On pourrait pas commencer par ça ?

Louis lui prend le journal des mains, imperturbable.

LOUIS
Dactylographier de la littérature vous fera assimiler des constructions difficiles, des styles précis, et vous pourrez anticiper la fin des phrases de n'importe quel texte au bout d'un moment. Vous n'êtes pas obligée de tout comprendre.

Rose se vexe mais Louis poursuit, imperturbable. Il tire de sa poche un petit formulaire qui représente un clavier multicolore, accompagné d'un index. Il désigne le clavier de la machine *Hermès*, peinturluré.

LOUIS
C'est très simple. (*Il lit le formulaire.*) À chaque doigt correspond une couleur, et chaque couleur regroupe un ensemble de lettres. L'index gauche, couleur jaune, tape les lettres V, E, F, G, R. Le droit, couleur rouge, le Y, U, H, I, N, ainsi que...

Rose lui prend le papier des mains, l'interrompant.

ROSE
Je sais lire. Et je peux tout comprendre. Même les phrases compliquées.

Elle s'empare de *Madame Bovary* et se met à taper, laborieusement, à dix doigts.
Louis prend une pile de pages blanches dans un placard de la bibliothèque et les place en quinconce sur la table. Rose lui jette un regard en biais.

LOUIS
Vous les attraperez plus facilement comme ça. Et n'oubliez pas de les doubler. Vous les enlèverez plus vite du rouleau sans les déchirer.

Rose acquiesce et poursuit la frappe à dix doigts, en peinant. Louis reste debout derrière elle, les mains dans le dos, comme un professeur avec son élève.

ROSE (*en continuant de taper, difficilement*)
Pas la peine de me surveiller. Je suis une grande fille.

Louis sort de la pièce sans un mot en laissant la porte ouverte.

Rose s'interrompt en soupirant. Elle vérifie que Louis n'est plus derrière elle et reprend sa frappe avec ses deux index, l'air malicieux, à toute vitesse.

La main de Louis apparaît soudain devant elle et arrache la feuille du rouleau d'un coup. L'air sévère, il repose sèchement la feuille sur la table.

LOUIS (*très calme, d'autant plus menaçant*)
Il y a des bus qui partent pour Saint-Fraimbault tous les jours.

Rose, sous le choc, ne pipe mot. Elle remet une feuille et tape à nouveau de ses dix doigts en ravalant sa fierté.

*
* *

Fatiguée, Rose, debout derrière le comptoir d'ECHARD & FILS, secoue les mains, les doigts douloureux. Elle fait glisser distraitement des documents dans la broyeuse à papiers en bâillant. Son regard erre sur la feuille qu'elle glisse lentement dans la machine. Elle sursaute brusquement, s'agrippe au papier et tente de le retenir, mais la broyeuse a déjà commencé son travail. Rose tire de toutes ses forces, lutte, froisse la page à moitié déchiquetée. La broyeuse fait un bruit abominable, émet quelques étincelles, se met à fumer et s'éteint d'un coup. Rose, piteuse, observe le document détruit. Elle essaie de rallumer la machine. En vain. Elle appuie sur l'un des boutons du standard téléphonique, craintive.

ROSE
Monsieur Echard ?

LOUIS (*dans l'interphone*)
Oui ?

ROSE
... J'ai détruit le constat de Mme Morel. Et je crois que j'ai tué la broyeuse à papiers. Elle ne veut plus redémarrer.

LOUIS
Débrouillez-vous. Vous êtes une grande fille.

Rose, vexée, récupère les morceaux épars du document et tente de le reconstituer.

*
* *

Le jour décline. Rose, à bicyclette dans son costume de secrétaire, pédale avec difficulté sur une route en côte. Derrière elle, on aperçoit Lisieux qui s'éloigne. Elle perd soudain l'équilibre et valdingue dans le fossé. Elle se relève difficilement, les mains pleines de terre. Le contenu de son sac est éparpillé sur le sol.

Rose
Et flûte.

Elle commence à tout ramasser en râlant.

La Dyna Panhard de Louis arrive à sa hauteur et freine d'un coup. Louis sort en courant, affolé.

Louis
Ça va ?

Rose (*charmée par son inquiétude*)
Oui, je crois.

Louis ne l'écoute pas, il s'agenouille devant elle et saisit ses mains, qu'il tâte nerveusement. Il se met à pleuvoir.

LOUIS

Vous avez mal, là ? (*Rose fait non de la tête, éberluée.*) Et là ? (*Il appuie sur ses doigts à tour de rôle.*) Vous sentez quelque chose ? Vous êtes sûre ?

ROSE (*agacée*)

Vous n'avez qu'à faire assurer mes doigts tant que vous y êtes.

Elle se relève et s'époussette. Louis suit son mouvement des yeux. Sous le chemisier trempé de la jeune fille, il aperçoit ses formes par transparence. Rose s'en aperçoit, Louis détourne rapidement le regard. Il se redresse, s'empare du vélo et retourne vers la Dyna Panhard pour le caler dans le coffre. Rose reste sur le bord de la route, confuse.

LOUIS (*sec*)

Qu'est-ce que vous attendez ? Montez, je vous ramène.

Rose ramasse ses affaires à la va-vite et monte du côté passager. Louis redémarre.

*

* *

Rose, les cheveux toujours humides, peine avec ses dix doigts devant son clavier coloré, mais persévère. Elle éternue. Louis s'approche d'elle, une bouteille de rouge à la main. Derrière eux, la cheminée de la salle à manger crépite et sèche les vêtements mouillés de la jeune fille.

ROSE

Ça manque d'un sèche-cheveux dans cette maison.

Louis jette un regard à sa transcription.

LOUIS

Si Flaubert avait mis autant de temps que vous à pondre sa *Madame Bovary,* il serait sûrement mort avant elle.

ROSE

Si vous pensez que c'est en me minant le moral que vous obtiendrez des résultats...

Louis, nonchalant, s'assoit en face d'elle.

LOUIS

Vous êtes encore trop susceptible pour gagner quoi que ce soit.

Rose s'apprête à répliquer mais est prise de court par un éternuement dantesque.

Elle s'attelle à sa copie en fulminant. Louis observe la bouteille de vin.

LOUIS

L'histoire de cette bouteille implique un peintre et un vieux fermier. C'était en cinquante. J'étais allé estimer les dégâts d'un orage sur une ferme...

Rose s'interrompt.

Rose
Vous voulez que je m'entraîne, oui ou non ?

Louis (*imperturbable*)
La ferme était dans un sale état. Un arbre était tombé droit sur le poulailler et avait fait un gros trou dans la toiture...

Rose
Monsieur Echard ! Je ne peux pas taper si vous me parlez.

Louis
Vous devez être capable de rester concentrée malgré tout ce qui se passe autour de vous.

Rose lève les yeux au ciel et tente de se focaliser sur son clavier.

Louis
Pour boucher le trou, Picard, le fermier, y avait mis un vieux tableau. Je l'ai détaché, essuyé, et devinez ce que j'ai découvert ? Un Van Gogh. (*Rose masque sa stupéfaction autant que possible.*) Quand j'ai montré le tableau à Picard, il m'a dit qu'il avait eu ça de sa grand-mère, qu'il n'avait jamais entendu parler de ce M. Van Gogh, et que la seule chose qui l'intéressait, c'était de savoir si l'assurance allait couvrir les dégâts. (*Rose lâche un petit rire, tout en tapant, mais s'empresse de reprendre une expression imperturbable.*) J'ai convaincu Picard de présenter le tableau à une salle des ventes. Maintenant,

il est riche comme Crésus. Et il a garni ma cave de cet excellent cru 1934.

Rose arrête de dactylographier. Elle regarde Louis en secouant la tête d'un air désapprobateur.

ROSE
Vos clients passent leur temps à vous offrir du vin, on dirait. C'est un miracle que vous ne soyez pas devenu alcoolique.

LOUIS
Personne n'a dit que l'entraînement était terminé.

ROSE
Sauf votre respect, monsieur Echard, vous êtes stupide.

Louis s'apprête à répliquer sur le même ton, mais se ravise.

LOUIS
Je sais, j'aurais dû le garder, ce tableau.

ROSE
Vous êtes stupide de jouer les gros durs avec moi, alors que dans le fond vous êtes la personne la plus gentille que je connaisse.

Louis est pris de court mais tente de le masquer.

LOUIS
Vous ne connaissez pas grand monde.

Rose baisse les yeux et se remet à taper. Elle esquisse un petit sourire narquois.

*
* *

Louis sort de son bureau avec deux vieilles filles quadragénaires et les raccompagne à la porte. En chemin, elles jettent un regard étonné à Rose : cette dernière a peint ses ongles des différentes couleurs correspondant aux zones du clavier de la méthode de dactylographie. Cette fantaisie jure fortement avec sa tenue de secrétaire modèle.

Louis (*amusé, aux clientes*)
C'est la dernière mode, à Paris.

L'une des vieilles filles (*l'air intéressé*)
Ah ?

Les deux vieilles filles s'éloignent et se jettent un regard, pas tout à fait convaincues.

*
* *

Louis, en costume, et Rose, dans son tailleur de secrétaire, les ongles multicolores (qui lui valent quelques regards en biais), sont assis à la terrasse d'un bistrot qui donne sur une rue marchande de Lisieux. Le patron de l'établissement leur sert deux jambon-beurre.

Le patron (*une tape sur l'épaule*)
... Bon appétit, monsieur Louis !

Louis salue de loin quelques passants qui font de même. Une jeune femme les croise et lui jette un regard charmeur. Il le lui rend. Un jeune cycliste passe et fait tinter sa sonnette à leur approche.

LE JEUNE CYCLISTE
Bonne journée, monsieur Echard !

ROSE (*à Louis*)
Décidément, vous êtes drôlement populaire.

LOUIS
Mon père a ouvert le cabinet juste après ma naissance. C'est lui qui en a fait le numéro un de la ville. C'est important d'être numéro un.

ROSE
Vous me l'avez déjà sortie, celle-là.

LOUIS
Dixit Echard senior. La phrase est de lui en vérité. (*Songeur.*) La plupart des habitants de Lisieux sont des clients... (*Il avise un couple, dont la femme est enceinte, qui passe devant eux.*) Bientôt un de plus... (*Un jeune militaire passe dans l'autre sens.*) Et peut-être bientôt un de moins... (*Une jeune femme arrive vers eux.*) Mademoiselle ? (*La demoiselle s'arrête au niveau de leur table et offre un sourire séduit à Louis.*) Faites attention, votre talon m'a l'air bien fragile.

La passante jette un regard au talon en question, un peu branlant.

LA PASSANTE

Merci, monsieur Echard, mais ça ira, j'habite à deux pas.

Elle s'éloigne.

LOUIS (*à Rose*)

La prudence est la meilleure des assurances. Une autre des maximes favorites de mon père.

Deux pas plus loin, le talon de la demoiselle craque, et elle se met à boiter. Louis hausse les épaules d'un air fataliste sous le regard amusé de Rose.

*

* *

Dans le sous-sol de la résidence Echard, un mur est orné d'un nombre impressionnant de bouteilles de rouge. Louis, une corbeille de linge sale – et exclusivement masculin – à la main, s'apprête à mettre le tout dans une machine à laver, placée dans un coin de la pièce. Il tombe sur un soutien-gorge resté dans le tambour.

Louis sort de la cave, tenant le soutien-gorge de Rose du bout des doigts, et monte des escaliers qui débouchent dans le hall. Il jette un regard dans le salon.

Rose, qui lui tourne le dos, s'acharne sur son clavier.

Louis se dirige vers la chambre de la jeune fille à pas de loup. Il entre et avise le désordre de la pièce, qui a changé du tout au tout ; le lit n'est pas fait, des vêtements en boule traînent sur le sol parmi un amalgame de livres et de vieux produits de beauté périmés. Les affaires de sport ont disparu. Sur les murs, des photos de Marilyn Monroe et d'Audrey Hepburn, et d'une rousse flamboyante. Toutes les photos de Louis en train de faire du sport ont été enlevées. Il aperçoit cependant dans un coin le cliché sur lequel il pose avec ses gants de boxe. Il l'observe, troublé qu'il soit encore là. Il refait le lit, puis y dépose précautionneusement le soutien-gorge. Il s'apprête à sortir, mais revient sur ses pas. Il redéfait le lit et s'empare du soutien-gorge. Il ouvre le premier tiroir de la commode et tombe nez à nez avec un ensemble de petites culottes.

ROSE
Si vous cherchez la petite culotte qui va avec, je la porte.

Louis se retourne, l'air d'un voleur pris en faute, le soutien-gorge toujours à la main. Rose, sur le seuil de la pièce, l'observe, un sourire moqueur sur les lèvres.

LOUIS (*il manipule le soutien-gorge*)
Ce n'est pas du tout ce que... Rose... Vous l'aviez laissé dans la machine, et je...

ROSE (*amusée*)
Gardez-le, s'il vous plaît tant que ça.

LOUIS (*affecte un air détaché*)
J'en ai déjà toute une collection, je vous remercie.

Rose s'empare du soutien-gorge et le range dans la commode.

ROSE
Une collection, ça se renouvelle.

Louis balaie le désordre ambiant du regard, pour changer de sujet.

LOUIS
Je comprends pourquoi je ne retrouve aucun dossier depuis que vous travaillez pour moi.

ROSE (*de mauvaise foi*)
J'étais justement en train de faire du rangement. J'aurais fini si je ne devais pas passer toutes mes soirées avec Madame Bovary.

Louis acquiesce, pas dupe, pendant que Rose ramasse ses vêtements. Il observe les photographies de stars au mur. Elle s'en aperçoit.

ROSE (*timide*)
Qui est la plus belle, pour vous ?

LOUIS (*il hausse les épaules*)
Ce sont des vedettes. Elles ne s'intéresseraient pas à un simple assureur.

ROSE

Imaginons. Je suis sûre que vous préférez Monroe, comme tout le monde. Audrey est d'une beauté trop classique, elle a l'air trop sage...

Louis désigne la photo de la rousse plantureuse.

LOUIS

Mon genre, ce serait plutôt elle. Elle a joué dans quoi ?

ROSE

Dans rien. C'est ma mère.

Louis se racle la gorge, gêné.

LOUIS

Elle est très belle.

Rose observe la photo de sa mère, une pointe de jalousie dans le regard.

ROSE

Je sais, je ne lui ressemble pas du tout. J'ai tout pris de mon père... S'il n'était pas si borné, lui et moi on serait les meilleurs amis du monde.

LOUIS

Les hommes et les femmes sont des êtres très différents, voilà tout.

Rose, dans ses pensées, ne l'écoute plus et bourre ses vêtements dans l'un des tiroirs de la commode, sans prendre la peine de les plier.

*
* *

Louis a passé un tablier sur son costume. Il remue un pot-au-feu dans une casserole, en sifflotant. Un hurlement strident se fait entendre. Paniqué, Louis lâche sa cuillère en bois et sort de la cuisine en courant.

Il débarque, essoufflé, dans la salle à manger. Rose est effondrée sur son clavier, comme morte.

LOUIS
Rose ?

Rose se relève d'un coup, en parfaite santé. Louis sursaute.

ROSE
Je n'y arrive pas. J'ai mal aux doigts. J'ai mal au dos. J'ai mal partout.

LOUIS
Vous êtes complètement folle ! Vous m'avez fait peur.

Rose remarque l'accoutrement de Louis et sourit.

ROSE
Un homme qui cuisine, ça c'est moderne. Je n'ai jamais aussi bien mangé.

Louis ne l'écoute pas. Il se place derrière elle, pose ses mains sur ses épaules et la force à se redresser. Rose, surprise par ce contact physique, se fige.

LOUIS
Tapez. Tapez, je vous dis. Faites-moi confiance.

Elle s'exécute. Louis lui passe une main sous le menton et l'oblige à tenir la tête droite. Puis, il descend ses mains le long des bras de la jeune femme et relève légèrement ses coudes. Rose a désormais une posture impeccable. Ainsi penché sur elle, tel un marionnettiste, le visage de Louis n'est plus qu'à quelques centimètres de la nuque de la jeune fille. Rose s'empourpre mais continue sa frappe.

LOUIS
Si vous vous tenez toujours aussi droite, vous n'aurez plus mal.

Rose acquiesce silencieusement. Louis prend ses mains dans les siennes. Il lui masse les doigts doucement, lentement, avec application. La respiration de Rose se fait légèrement plus saccadée. Louis pose les yeux sur elle. Elle le regarde, vulnérable. Il continue de la masser quelques secondes, gagné par la tension ambiante.

LOUIS (*affectant un air détaché*)
Vous manquez de souplesse. C'est ça, votre problème.

ROSE (*troublée*)
Pas du tout. Je suis très souple. Très, très souple, même.

LOUIS
Ah oui ?

Rose se rend compte du double sens de ses paroles. Elle retire ses mains d'un coup. Elle ne sait plus où se mettre.

*
* *

Debout dans sa cuisine, Marie, la femme de Bob, les bras croisés et le visage fermé, fait face à Louis.

MARIE
Tu crois vraiment que je vais lui donner des cours de piano ? J'ai assez à faire comme ça entre les enfants et la maison.

LOUIS
C'est juste pour quelques mois.

Marie jette un regard par-dessus son épaule. Rose est assise un peu plus loin, sur l'escalier du vestibule, entre les enfants, Simone et Joe, fascinés par ses ongles multicolores.

MARIE
Alors c'est elle qui t'occupe autant ces jours-ci... Bob est jaloux.

GYMNASTIQUE DIGITALE (SUITE)

70

3ᵉ MOUVEMENT

Les mains étant dans la position indiquée sur la figure 5, le poignet reposant sur la table, levez l'index comme indiqué figure 6, le doigt bien arrondi, et frappez fortement la table. Seul le doigt que l'on veut remuer bouge, les autres et le poignet restent strictement collés à la table.

Recommencez cinq fois de suite. Agissez de même pour les autres doigts. Surveillez particulièrement l'annulaire.

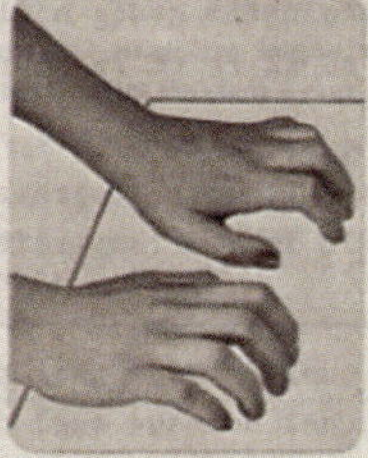

Fig. 5. — La main repose sur la table

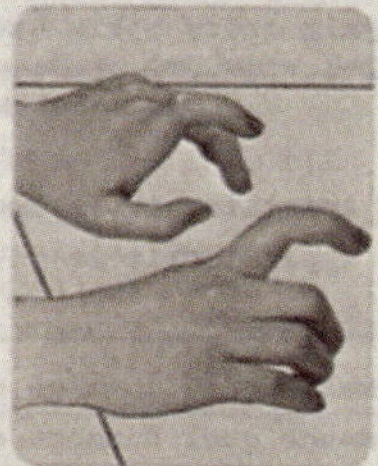

Fig. 6. — Aucun doigt ne bouge, à l'exception des index

Cet exercice habitue l'élève à la frappe « en marteau ». Il faut donc éviter d'allonger les doigts. Des ongles trop longs ou taillés en pointe peuvent être gênants, car il faut taper franchement avec le bout et non le dessous du doigt.

71

4ᵉ MOUVEMENT

Massage. — Placez les mains comme dans la figure 7. Descendez rapidement les doigts de la main droite entre les doigts de la main gauche (fig. 8) en frottant autant que possible et en allant bien à fond. Faites de même avec la main gauche et recommencez alternativement dix fois de suite.

Fig. 7. — Les doigts de la main gauche appuient entre les doigts de la main droite

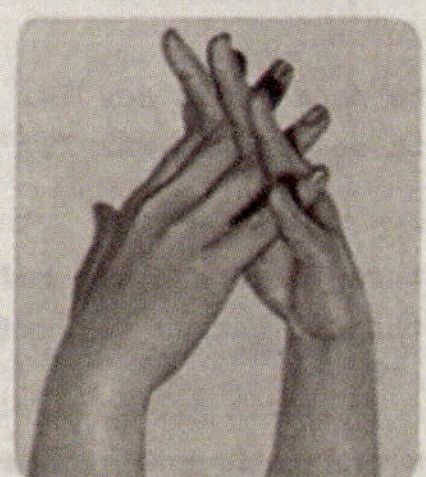

Fig. 8
Faites vigoureusement le mouvement de massage

Ce petit massage active la circulation du sang et assouplit les doigts.

38

Extraits d'un manuel de gymnastique digitale.

82

5e MOUVEMENT

Même position qu'au 70 (voir fig. 9). Passez avec l'index à la position de la figure 10. Le poignet et les autres doigts restent collés à la table. Les index frappent la table aussi fortement que possible dans les deux positions.

Recommencez cinq fois pour chaque doigt.

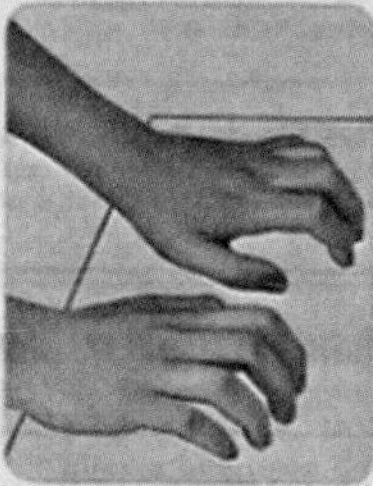

Fig. 9. — La main repose sur la table

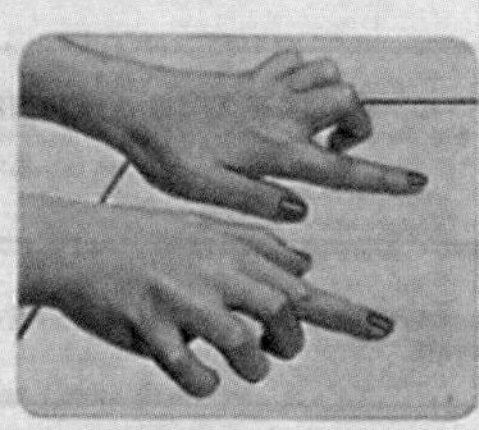

Fig. 10. — Allongez bien le doigt

Cet exercice, en développant le mouvement d'extension des doigts, permet d'atteindre plus facilement les rangées supérieures du clavier.

83

6e MOUVEMENT

Ecartez les doigts de la main droite comme indiqué sur la figure 11. Faites glisser les trois doigts de la main gauche le plus bas possible en évitant de faire comme figure 12. Ecartez ainsi les doigts 2 et 3, 3 et 4, 4 et 5, puis revenez entre 4 et 3, 3 et 2 et ainsi de suite cinq fois.

Passez à l'autre main.

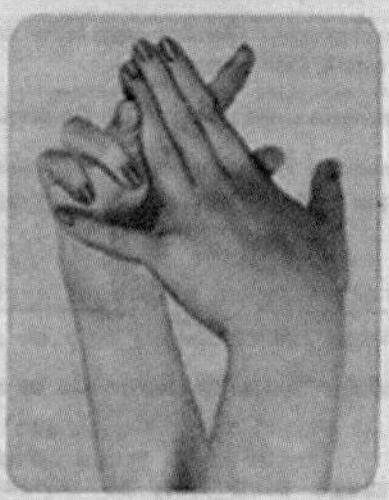

Fig. 11.—Les trois doigts de la main gauche sur un même plan

Cet exercice contribue à rendre les doigts indépendants les uns des autres.

Louis
Attends qu'elle devienne championne de France. Tu verras la tête qu'il fera.

Marie soupire.

Marie
Tu ne penses pas qu'il est temps de grandir ?

Louis, irrité, s'éloigne vers Rose et les enfants.

Louis *(à Rose)*
Allons-y.

Marie (*coupable*)
Restez manger. Bob ne va pas tarder.

Louis
Rose doit s'entraîner.

Rose se lève, sensible à l'atmosphère tendue.

Rose (*à Marie, mal à l'aise*)
J'ai été enchantée, en tout cas.

Louis avise un couteau sur la table. Il sourit soudain, l'air mesquin.

Louis (*à Marie*)
Tu te souviens, quand on était petits ? Je grimpais en haut de notre arbre, et tu étais morte de peur à l'idée que je tombe. Je pouvais obtenir n'importe quelle promesse de toi dans ces moments-là.

Marie acquiesce, méfiante. Louis se tourne vers les enfants.

LOUIS
Vous voulez voir un tour de magie ?

JOE
Oh oui, Louis, s'il te plaît !

Louis s'assoit et saisit le couteau de sa main droite.

LOUIS (*aux enfants*)
Surtout, ne quittez pas le couteau des yeux.

MARIE
Louis, ne fais pas ça.

Louis pose sa main gauche à plat sur la table et commence à taper avec la pointe de la lame entre chacun de ses doigts écartés. Rose le regarde comme s'il était soudain devenu fou. Il accélère la cadence.

MARIE
Arrête !

Il va encore plus vite.

LOUIS (*fixant le couteau*)
J'arrête uniquement si tu me promets de lui donner des cours.

Le couteau se plante entre chacun des doigts de Louis à une vitesse folle. Joe et Simone sont emballés.

ROSE (*inquiète*)
Ce n'est pas si grave que ça si je n'apprends pas le piano, monsieur Echard.

MARIE
Arrête, tu vas te couper un doigt !

Louis plante ses yeux dans ceux de Marie, tout en continuant sa besogne.

LOUIS
Promets-le-moi.

*
* *

Rose, sur le canapé du salon de la résidence Echard, bande la main ensanglantée de Louis, assis à côté d'elle. Il se laisse faire, impassible.

ROSE
Vous avez traumatisé ces pauvres enfants.

LOUIS
Vous pourriez me remercier.

ROSE
D'avoir doublé mes heures d'entraînement avec des cours de piano ? Merci bien. (*Louis grommelle. Rose se penche vers lui, l'air de rien.*) Mme Taylor est très belle, en tout cas. (*Louis acquiesce.*) C'est votre maîtresse ?

LOUIS
Rose ! C'est la femme de mon meilleur ami !

ROSE
Vous la connaissez depuis plus longtemps que lui.

LOUIS
C'est ça, vous avez raison. Marie et moi, on a eu une liaison... On avait cinq ans.

ROSE
Vous la regardiez comme si c'était votre maîtresse.

LOUIS (*désignant le bandage*)
Serrez plus fort au lieu de raconter des âneries.

ROSE (*contrariée qu'il fasse diversion*)
Je vais vous faire mal.

LOUIS
Vous pouvez y aller avec moi.

ROSE (*ironique*)
C'est vrai que vous êtes un homme. Vous savez ce que c'est de souffrir pour de bon... (*Elle serre délibérément le bandage d'un coup. Il grimace.*) Vous avez fait la guerre, vous !

LOUIS
J'ai peut-être souffert, mais pas autant que d'autres.

Rose se rend compte que son trait d'esprit était peut-être déplacé.

ROSE
Pas autant que qui ?

Louis soupire.

LOUIS
Vous n'en avez pas marre de passer votre temps à me poser des questions ?

ROSE
Ça ne risque pas, vu la longueur de vos réponses ! Vous voulez que je vous fasse confiance, mais vous êtes incapable de faire pareil.

Louis est mouché.

LOUIS (*après une hésitation*)
En quarante-trois, j'ai pris la tête d'un petit groupe de résistants. C'étaient des gars incroyables, je les connaissais depuis toujours. Pierrot, Barthélemy, et Roger, le fils Blaiseau...

ROSE (*tout ouïe*)
Les Blaiseau, vos clients ?

Louis
Leur fils unique.

Louis se tait. Rose le regarde, encourageante, pour qu'il poursuive.

Louis
Deux semaines avant la Libération, le campement a été attaqué. Je me suis porté volontaire pour couvrir la retraite. C'était du suicide, mais c'était la seule solution. J'étais mort de trouille. Je leur ai interdit de venir mais ils m'auraient suivi n'importe où... On s'est fait tirer dessus. Je les ai entendus tomber les uns après les autres. Au moment où je me suis retourné, le dernier que j'ai vu, c'est Roger. J'ai détalé. J'ai couru pendant des heures. Jusqu'à ce que je me rende compte que plus personne ne me courait après.

Louis se tait, la gorge serrée, la mine coupable. Rose l'observe, très émue.

Louis
J'ai beau avoir rendu beaucoup de services dans ma vie, je n'ai jamais sauvé personne.

Rose, bouleversée, entoure machinalement la main de Louis avec la bande, sans se rendre compte que le pansement est en train de prendre un volume démesuré et qu'elle serre trop fort.

LOUIS (*pour changer de sujet*)

Si vous continuez comme ça, le sang ne pourra plus circuler et on va finir par m'amputer.

ROSE (*complice*)

Ça vous apprendra à frimer devant la femme d'un autre.

Rose se marre gentiment. Louis la regarde, charmé.

Les jours s'égrènent et l'entraînement s'intensifie…

Un métronome bat la mesure tandis que les doigts peints de Rose tremblent sur les touches du piano, très en retard par rapport au rythme. Marie fait les cent pas dans son salon, une baguette à la main avec laquelle elle bat la mesure.

MARIE
Do, mi, sol, do, mi, sol…

*
* *

Un autre métronome, flambant neuf, posé à côté de la machine à écrire *Hermès*, bat la même mesure. Les doigts peints de Rose tremblent sur les touches colorées du clavier, toujours en retard, tandis que Louis, un chronomètre à la main, lui fait faire un autre style de gammes.

LOUIS
A.Z.E.R.T. Y.U.I.O.P., A.Z.E.R.T. Y.U.I.O.P…

NOM DATE DU JOUR 1

azert yuiop azert yuiop azert yuiop azert yuiop azert yuiop azert
azert yuiop azert yuiop azert yuiop azert yuiop azert yuiop azert
ty ty ty ty ty ty ty ty ty ty ty ty ty ty ty ty ty ty ty ty ty ty

pur pur pur pur pur pur pur pur pur pur pur pur pur pur pur pur
pur pur pur pur pur pur pur pur pur pur pur pur pur pur pur pur
pur pur pur pur pur pur pur pur pur pur pur pur pur pur pur pur
pur pur pur pur pur pur pur pur pur pur pur pur pur pur pur pur
pur pur pur pur pur pur pur pur pur pur pur pur pur pur pur pur

toi toi toi toi toi toi toi toi toi toi toi toi toi toi toi toi
toi toi toi toi toi toi toi toi toi toi toi toi toi toi toi toi
toi toi toi toi toi toi toi 'toi toi toi toi toi toi toi toi toi
toi toi toi toi toi toi toi toi toi toi toi toi toi toi toi toi
toi toi toi toi toi toi toi toi toi toi toi toi toi toi toi toi

rire rire rire rire rire rire rire rire rire rire rire rire rire
rire rire rire rire rire rire rire rire rire rire rire rire rire
rire rire rire rire rire rire rire rire rire rire rire rire rire
rire rire rire rire rire rire rire rire rire rire rire rire rire
rire rire rire rire rire rire rire rire rire rire rire rire rire

azert yuiop azert yuiop azert yuiop azert yuiop azert yuiop azert
azert yuiop azert yuiop azert yuiop azert yuiop azert yuiop azert
ty ty ty ty ty ty ty ty ty ty ty ty ty ty ty ty ty ty ty ty ty ty

27

Exercice de dactylographie.

*
* *

Rose place une feuille dans la machine, règle le rouleau, enlève la feuille et réitère l'opération, de plus en plus vite, tel un automate. Louis, assis à côté d'elle, griffonne dans un carnet dont la couverture porte l'étiquette « ROSE ».

LOUIS
Plus vite...

Rose lorgne vers le cahier pour voir de quoi il retourne tout en continuant sa besogne. Lorsque Louis s'en aperçoit, il plaque le cahier contre lui pour que ses notes soient hors de vue.

*
* *

Dans son lit, au beau milieu de la nuit, éclairée par une petite lampe de chevet, Rose dévore *Le Rouge et le Noir*...

*
* *

Le lendemain, *Le Rouge et le Noir* tombe aux pieds de Rose pendant sa séance de dactylographie dans la salle à manger. Elle ouvre *Les Liaisons dangereuses* et se met à le retranscrire. Ses dix doigts gagnent encore en vitesse. Derrière elle, Louis fume et regarde son chronomètre.

LOUIS
Plus vite...

*
* *

Marie et Rose sont assises devant le piano refermé, chez les Taylor. Marie montre différents exercices de gymnastique digitale à la jeune fille. Ses doigts sont parfaitement manucurés. Rose reproduit les mouvements, consciencieuse. Ses ongles peints de différentes couleurs sont tout écaillés.

*
* *

Sous un soleil d'été éclatant, vêtue d'un jean retroussé et de petites tennis, Rose fait du jogging en soufflant, précédée par Louis en bicyclette, qui la distance.

LOUIS
Plus vite...

*
* *

Louis finit par retirer la peinture des touches de la machine *Hermès*. Ce faisant, il jette un regard autoritaire à Rose à ses côtés, qui, la mort dans l'âme, se résout à enlever son vernis à ongles multicolore. Il se saisit lui aussi du dissolvant pour l'aider.

*

*   *

Louis a installé Rose dans le jardin pour l'entraînement, il lui fait la dictée. Rose dactylographie encore plus vite, bien que les touches soient désormais toutes noires et que ses ongles soient incolores.

Rose s'interrompt soudain et prend le carnet de notes de Louis, posé fermé à côté de sa machine. Elle part en courant avec. Louis râle.

*

* *

Rose et Louis, qui fume, sont assis dans le canapé du salon, devant le téléviseur allumé, après une journée d'entraînement acharné.

À l'écran, Marilyn Monroe quitte sa table de secrétaire pour suivre son patron, Cary Grant, dans son bureau. Ingénue, elle soulève sa robe pour lui montrer ses bas. Cary Grant observe le galbe de sa cuisse, d'un œil tout scientifique, sans relever le côté érotique de la situation.

Emportée par un fou rire, Rose s'affale sur son patron et pose la main sur sa cuisse dans le mouvement. Gênée, elle se redresse et fait mine de reporter son attention sur l'écran.

Avant de se coucher, Rose mime la scène avec Marilyn, en remontant son bas d'un air sensuel, seule dans sa chambre.

*

* *

Rose, nerveuse, joue un morceau au piano chez les Taylor. Marie, Bob et Louis l'écoutent, assis dans le canapé. Bob bâille, l'air absent – il n'en peut plus, du piano. Marie se penche vers Louis et lui chuchote quelques mots à l'oreille, l'air malicieux. Rose les observe du coin de l'œil tout en continuant de jouer.

Louis pince Marie, qui gigote et se met à rire. Rose, troublée par leur proximité, fait une fausse note. Elle se reprend et poursuit le morceau.

*
* *

Les feuilles des arbres ont pris des couleurs d'automne et volettent dans le ciel. Rose fait son jogging, en sueur. Louis, à bicyclette, la précède toujours. Mais elle le rattrape progressivement.

*
* *

Rose lutte contre le sommeil, tout en lisant *Les Liaisons dangereuses*.

Au réveil, Rose bâille devant sa machine tout en tapant de ses dix doigts avec acharnement, un café fumant posé devant elle. Louis lui tend une tartine de beurre au niveau de la bouche. Il la garde à la main tandis que Rose la mange tout en continuant de dactylographier.

*
* *

Rose est affalée sur le comptoir du cabinet d'assurances, profondément endormie. Un client s'approche et appuie sur la petite sonnette devant elle. Rose se redresse d'un coup, échevelée, les yeux ensommeillés, un peu de bave au coin des lèvres.

*
* *

Le ciel est à l'orage. Un bonnet sur la tête et un cache-nez autour du cou, Rose donne tout ce qu'elle peut en courant. Elle dépasse Louis, sur sa bicyclette.

ROSE
Plus vite ! Plus vite !

*
* *

Dehors, les arbres nus sont secoués par une tempête. Rose, en sueur, attablée dans la salle à manger de la résidence Echard, tape à une vitesse incroyable sur son clavier.

LOUIS
PLUS VITE !

ROSE (*possédée*)
Je ne peux pas aller plus vite que la machine !

Louis s'immobilise, frappé par la remarque de la jeune fille.

La porte vitrée s'ouvre soudain sous une bourrasque plus forte que les autres.

Des centaines de feuilles dactylographiées s'envolent dans le salon.

Rose, totalement concentrée, continue de taper à toute vitesse malgré les feuilles qui s'éparpillent autour d'elle et met un point final au texte, triomphante.

*
* *

Rose court sur un petit sentier recouvert de neige. Épuisée, elle s'arrête aux abords d'une clairière. La bicyclette de Louis est posée contre le tronc d'un grand chêne.

ROSE (*à bout de souffle*)
Monsieur Echard ?

Silence. Rose s'approche du chêne en cherchant Louis du regard. Elle reçoit une boule de neige sur la tête et pousse un cri, surprise.

Elle lève le visage et aperçoit Louis, à califourchon sur une branche au sommet de l'arbre, hilare.

ROSE (*en enlevant la neige de ses cheveux*)
Vous êtes fier de vous ?

LOUIS
Assez, oui.

Il s'étire et observe l'horizon depuis son perchoir.

LOUIS

Ça fait des années que je n'avais pas escaladé ce bon vieux chêne. Je tiens une de ces formes !

ROSE (*toujours essoufflée*)

Tant mieux pour vous.

Tandis que Louis redescend progressivement, Rose fait quelques pas dans la clairière, en se tenant le ventre, prise d'un point de côté. Elle se retourne soudain vers l'arbre.

ROSE

C'était votre arbre, à Marie et vous, pas vrai ?

LOUIS (*accroché aux branches*)

C'était l'arbre de tous les enfants du coin.

Rose fait le tour du tronc, suspicieuse.

ROSE

C'est le genre d'arbre sur lequel les amoureux gravent leurs initiales.

Louis retrouve la terre ferme.

LOUIS

On rentre. La nuit va tomber.

Il prend sa bicyclette. Rose reste immobile. Devant elle, gravées dans l'écorce, entourées d'un cœur, les initiales L + M. Elle pose le doigt au centre du cœur, qui arrive au niveau de son nez.

Rose
Vous étiez déjà drôlement grand, à cinq ans. (*Énervée*) S'il ne s'agissait que d'un amour d'enfance, vous ne feriez pas tout ce cinéma.

Louis pose la main sur son épaule et s'apprête à lui répondre. Elle se dégage et le dépasse en reprenant sa course, à grandes foulées. Louis observe le cœur, contrarié.

*
* *

Rose, la mine fermée, termine un morceau de piano, qu'elle maîtrise parfaitement, dans le salon des Taylor. Assise à côté d'elle, Marie lui sourit.

Marie
C'est bien, Rose. Très bien, même. Louis doit être fier de vous.

Rose hausse les épaules.

Rose
Il ne me félicite jamais.

Marie
Il est persuadé que vous irez très loin. Mais c'est un nerveux. Il est mort de peur à l'idée de perdre encore la face devant Bob.

Rose
Oui, bien sûr. Au fond, tout ça, ça se joue entre eux deux.

Marie
Ça a toujours été comme ça. Le jour de mon mariage, ils ont failli se refaire le portrait. C'est moi qui ai dû m'interposer, au péril de ma robe.

Rose (*fébrile*)
M. Echard devait être très amoureux de vous, à l'époque...

Marie
Non. Ce n'était pas de l'amour, c'était de l'orgueil. Toute la ville nous avait fiancés, lui et moi, depuis tout petits, et voilà que je préférais épouser un étranger sorti de nulle part.

Rose
Ça a dû être vexant, pour vous.

Marie
Touchant, plutôt.

Rose
D'être considérée comme une espèce de propriété plutôt que comme une personne ?

Marie
Vous savez comment sont les hommes.

Rose
J'espérais qu'ils n'étaient pas tous comme ça.

Marie scrute Rose.

MARIE

Vous êtes une drôle de créature, Rose. Quel genre d'homme espérez-vous donc ?

ROSE

Quelqu'un qui me considérerait comme son égale.

MARIE (*comme si cela était improbable*)

Mais encore ?

ROSE

Certainement plus vieux que moi, mais qui ne fasse pas semblant d'être un jeune homme. Un homme qui aille toujours de l'avant et qui soit exigeant, mais pas totalement sûr de lui pour autant. C'est bien plus mignon, quelqu'un d'un peu tourmenté. (*Elle s'emballe.*) Je ne suis pas contre un homme qui fume, mais ce serait mieux s'il fumait moins...

MARIE (*pas dupe*)
Qui donc ?

ROSE
Personne. Personne en particulier.

Marie la regarde, amusée.

*
* *

Le visage fermé, la propriétaire de la pension de jeunes filles, dressée derrière son comptoir, observe Rose comme si elle était stupide.

LA PROPRIÉTAIRE
Vous n'habitez plus ici depuis des mois ! Qui voulez-vous qui vous laisse un message ?

ROSE
C'est mon père, il... Il n'a pas mes coordonnées de domicile, et...

Elle renonce à finir sa phrase. La propriétaire lui lance un regard méprisant.

La propriétaire

Je ne manquerai pas de lui faire savoir quel style de vie vous menez, s'il appelle.

Rose fronce les sourcils, incrédule.

La propriétaire

Vous croyez qu'on ne se doute pas de ce qui se passe entre Echard et vous, dans le coin ?

Rose hausse les épaules et s'en va, amère.

*
* *

Le soir même, l'air ailleurs, Rose débarrasse la table du dîner. Louis s'affaire dans la cuisine.

Louis

Qu'est-ce que vous avez fait après le travail ? Je suis rentré avant vous.

Rose continue de s'affairer sans répondre.

Louis

Vous avez été étrange toute la journée. Encore plus que d'habitude, je veux dire.

Rose

Je suis fatiguée, c'est tout.

Elle s'interrompt : Louis vient de surgir devant elle, un gâteau orné de vingt-deux bougies allumées dans les mains. Rose n'en revient pas.

Rose
Vous y avez pensé...

Elle s'assoit, bouleversée, tandis que Louis pose le gâteau devant elle. Il lui fait un baiser furtif sur la joue. Elle s'empourpre.

Louis (*tendre*)
Bon anniversaire, mon chou.

Rose ferme les yeux et souffle toutes ses bougies d'un coup. Il l'applaudit et lui tend un paquet cadeau.

Louis
Ça c'est du souffle ! Vous voyez que j'ai raison de vous faire courir.

Rose (*profondément émue*)
Merci, monsieur Echard.

Rose ouvre le paquet avec avidité. Sa mine réjouie se fige et se fait carrément perplexe quand elle découvre l'objet qu'il contient : une sorte de coffret en bois.

Louis
Je l'ai fabriqué moi-même.

Rose
Ah. C'est... C'est original.

Louis s'en empare.

LOUIS
Regardez.

Il pose la pièce de bois sur le clavier de la machine à écrire. Le cache a été taillé au millimètre près pour recouvrir les touches, mais avec assez d'espace en dessous pour y glisser les mains. Rose perd complètement le sourire.

LOUIS
Allez-y, tapez quelque chose !

ROSE
Je ne vais rien voir. C'est stupide.

LOUIS
Au contraire ! Grâce à ça, vous apprendrez à frapper sans regarder les touches. Vous aurez un sacré gain de temps sur vos concurrentes.

Rose se lève, écœurée. Elle ne parvient pas à cacher sa déception.

ROSE
Décidément, vous ne comprenez rien aux femmes.

Louis est piqué au vif.

LOUIS
Vous n'êtes qu'une enfant gâtée. Ça m'a pris des heures pour construire ce cache ! Et c'est pour vous que je l'ai fait !

ROSE
Non. Vous l'avez fait pour Bob, pour Marie, pour la terre entière, mais pas pour moi.

Elle part dans sa chambre en claquant la porte. Louis prend son manteau et sort de la maison, dans le même état de nerfs.

*
* *

Dans un bar de nuit à l'atmosphère feutrée, Louis, muet et lugubre, adossé au comptoir, observe son verre à moitié vide. À ses côtés, Bob sirote le sien, l'air de s'ennuyer.

BOB (*sarcastique*)
On devrait en passer plus souvent, des soirées comme ça.

LOUIS (*il repousse son verre*)
J'ai pas envie de parler.

Bob tend un billet au barman, qui les ressert.

BOB
Pas de problème, *buddy*[1]. Moi j'en ai plein, des trucs à te raconter...

LOUIS (*il le coupe*)
C'est juste que Rose...

Bob lève les yeux au ciel, fatigué d'avance.

1. « Mon pote. »

Louis
Elle a l'impression que je me sers d'elle alors que c'est pour elle que je fais tout ça. Pour qu'elle ait la reconnaissance qu'elle mérite...

Bob ne l'écoute déjà plus. Il a repéré une vamp, coiffée et habillée à la Veronica Lake, qui entre dans le bar en roulant des hanches.

Louis
... Elle ne se rend pas compte du don qu'elle a. En six mois, elle a fait des progrès incroyables, je te jure. Mais...

Bob lui donne un grand coup de coude, l'interrompant, et hoche la tête en direction de la vamp.

Bob
Regarde qui voilà.

Louis remarque la femme fardée qui les rejoint. Elle lui fait un grand sourire et le fixe.

La vamp (*à Louis*)
Hé bien... Ça fait longtemps qu'on ne t'avait pas vu dans le coin, trésor.

Elle porte une cigarette à sa bouche. Louis, plus par habitude que par envie, sort son briquet et l'allume. Bob lève son verre.

Bob
Au retour d'Echard ! Cul sec !

Bob joint le geste à la parole, accompagné par la vamp. Louis finit par se résoudre à boire cul sec à son tour.

*
* *

Le silence de la maison rompt avec l'ambiance du bar. Rose, en robe de chambre, est assise sur le canapé, les yeux grands ouverts, immobile. Un bruit se fait entendre. Elle se tourne vers la porte d'entrée, pleine d'espoir. La porte d'entrée reste fermée. Rose soupire. Elle se lève et s'approche de la machine à écrire, qui porte toujours le cache en bois. Elle l'enlève, hésite, puis le replace sur le clavier. Elle passe ses mains dessous et commence à taper, en se concentrant à l'extrême. Elle ôte la feuille du rouleau, la pose bien en vue sur la table et part vers sa chambre.

Sur la feuille, elle a écrit :

`Toutes mes excuses.`

*
* *

Au petit matin, Rose sort de sa chambre en finissant de boutonner son costume gris de secrétaire. Elle entend du bruit dans le salon et s'y précipite.

ROSE
Monsieur Echard ?

Devant elle, la vamp, un pied en appui sur le canapé, la jupe relevée jusqu'à mi-cuisse, comme

Marilyn dans le film, achève de remettre son porte-jarretelle avec aisance.

LA VAMP
Ça m'étonnerait que vous voyiez « Monsieur Echard » ce matin.

Rose reste sans voix. La vamp, nonchalante, sort un miroir de poche de son sac et se recoiffe.

LA VAMP
Servez-moi un café, mon petit, vous seriez bien aimable.

Elle passe un tube de rouge sur ses lèvres en s'observant dans le miroir. Rose ne bouge pas, outrée. La vamp se tourne vers elle et force un air ingénu.

LA VAMP
C'est bien ce qu'on demande de faire aux secrétaires, non ?

Rose ne sait comment réagir.

*
* *

L'horloge dans l'entrée du cabinet ECHARD & FILS indique 15 heures. Rose fait les cent pas dans le couloir, l'air malheureux. La porte du bureau de Louis est ouverte sur la pièce, vide.

*
* *

La séance d'entraînement du soir est laborieuse pour Louis, qui ne se remet pas de sa gueule de bois. En peignoir, la mine fatiguée, il se tient debout derrière Rose et lui fait la dictée, un recueil de poèmes de Paul Éluard à la main.

LOUIS
Je t'aime.

Rose, assise devant sa machine, les mains passées sous le cache en bois, est contrariée.

LOUIS
Je t'aime pour ta sagesse qui n'est pas la mienne... Pour la santé.

ROSE (*de très mauvaise humeur*)
Si vous avez trop mal au crâne pour me faire la dictée, je peux lire toute seule.

LOUIS (*lisant*)
Je t'aime contre tout ce qui n'est qu'illusion...

ROSE
Plus vite.

Le mot de Rose – Toutes mes excuses –, est placé dans le recueil et fait office de marque-page. Louis ferme le livre. Il connaît le texte par cœur et se met à le dire, avec émotion.

LOUIS
... Pour ce cœur immortel que je ne détiens pas...

Rose
Plus vite !

Louis approche avec hésitation sa main de la jeune fille, sans qu'elle s'en aperçoive, mais ne va pas au bout de son geste, confus.

Louis (*de plus en plus ému*)
Tu crois être le doute, et tu n'es que raison. Tu es...

Rose s'interrompt et se retourne en le fusillant du regard.

Rose
Je ne peux pas travailler dans ces conditions.

Elle se lève.

Louis
Rose. Attendez...

Rose
Ne vous inquiétez pas, je ne risque pas de vous sauter dessus. C'est une très vieille maison, les escaliers grincent au moindre pas, vous m'entendriez monter à des kilomètres à la ronde.

Elle part. Louis se masse le crâne.

*
* *

Éclairée par sa lampe de chevet, en robe de chambre dans son lit, Rose feuillette sèchement *À la recherche du temps perdu*. Elle entend soudain les escaliers grincer. Elle s'immobilise, prise au dépourvu. Le bruit se confirme. Rose, nerveuse, laisse le livre, enlève sa robe de chambre, arrange son négligé et prend une pose de déesse grecque, allongée sur le flanc, une main soutenant son visage. On frappe. Elle retient son souffle, se recoiffe à la va-vite et affine sa pose.

ROSE (*traqueuse*)
Entrez.

Louis, toujours en peignoir, se tient un moment immobile sur le seuil, soufflé.

LOUIS
Je crois qu'il est temps de faire une pause. Ça nous fera du bien, à tous les deux.

Un silence gênant s'installe entre eux. Louis va s'asseoir lourdement sur le bord du lit, tournant délibérément le dos pour ne plus voir Rose. Celle-ci se laisse tomber sur son oreiller, dépitée. Louis s'allume une cigarette en fixant la porte devant lui. Aucun des deux n'ose reprendre la parole. Rose toussote quand il souffle son premier nuage de fumée.

LOUIS
Noël approche. Prenez quelques jours de vacances, passez du temps avec votre famille.

ROSE (*le ton se veut léger mais il ne l'est pas*)
Qui va vous aider à décorer le sapin, si je ne suis pas là ?

Louis

Mes parents, mes frères et leurs femmes vont débarquer pour les fêtes. Il n'y aura plus une chambre de libre.

Rose se redresse derrière Louis, n'arrivant plus à masquer sa colère.

Rose

Vous n'en avez rien à faire que je croise vos... filles, mais quand il s'agit de votre famille, alors là...

Louis

Rose...

Rose

Je dormirai dans le salon. Vous n'aurez qu'à dire à vos parents que je m'occupe de la maison. (*Louis fait non de la tête.*) Je ne veux pas rentrer chez mon père. Vous ne savez pas à quel point on s'entend mal, lui et moi.

Il se tourne enfin vers elle, avec un regard conciliant.

Louis

Raison de plus. C'est l'occasion idéale pour faire la paix. (*Il se lève.*) Faites de beaux rêves, mon chou.

Il sort. Rose lâche un profond soupir.

La petite rue marchande de Saint-Fraimbault est déserte le soir de Noël.

Françoise sort du BAZAR PAMPHYLE et ferme la porte à clé en retournant une petite pancarte qui indique « FERMÉ ». Elle aperçoit Rose qui s'avance avec appréhension vers le magasin, sa vieille valise à la main.

FRANÇOISE
Rose ! Si je pensais te voir là !

Françoise se précipite sur la jeune fille, la prend dans ses bras et lui fait deux grosses bises en riant.

FRANÇOISE
Ton père réveillonne chez Maurice. Tu veux que je demande à quelqu'un de chez moi de te déposer ?

ROSE
Je ne suis pas sûre que Maurice serait très content de me revoir.

Rose s'approche de la vitrine, émue. Un petit sapin illuminé éclaire la machine à écrire *Triumph*.

ROSE
Papa l'a gardée, depuis tout ce temps.

FRANÇOISE
Il n'arrête pas de dire qu'il n'aurait jamais dû commander cet engin. (*Rose acquiesce, déçue.*) C'est vrai, personne n'utilise ça, par chez nous. Je dois filer, Rose, c'est moi qui fais à manger pour tout le monde. Tu viens ?

ROSE
Je préfère attendre papa à la maison.

FRANÇOISE
Comme tu veux. Je suis tellement contente de t'avoir vue. Et tellement fière. Tu te rends compte de la vie que tu mènes ? Tu as tout ce dont une fille moderne peut rêver.

Françoise l'embrasse et s'éloigne précipitamment. Rose reste seule devant le magasin fermé.

*
* *

Le crépuscule tombe sur le cimetière du village. Rose est assise devant une pierre tombale au nom de MARGUERITE PAMPHYLE et s'adresse à elle.

ROSE (*l'air de ne pas y croire*)
J'ai tout ce dont une fille moderne peut rêver, maman... C'est déjà si compliqué d'être juste une fille... Mon seul talent, c'est de taper

vite à la machine. Au début, ça me plaisait, parce que ça me permettait d'arrêter de penser. On est moins maladroit, quand on ne pense à rien. Ça fait du bien. Mais ça ne dure qu'un temps. C'est pas quelque chose qu'on peut partager, avec personne. Et ça fait que nous rendre encore plus bizarre. Les gens ne me regardent pas vraiment, ils me trouvent trop étrange pour m'aimer. Même papa. Même Louis. C'est pas si difficile, pourtant, d'imaginer que je suis une personne comme les autres ? Tu y arrivais bien, toi. Pourquoi il n'y a que toi qui y arrivais, bon sang ?

Rose reste longtemps prostrée devant la pierre tombale.

Elle aperçoit alors, à quelques mètres de là, une marguerite qui résiste encore à l'hiver, malgré la neige. Elle s'en approche, éberluée, et la cueille. Elle garde la fleur dans sa main un long moment. Elle se tourne vers la pierre tombale. Quelque chose a changé dans son regard.

Rose, sa valise à la main, sort du cimetière et avance vers la route en tendant le pouce. Une voiture s'arrête.

*

* *

La porte de la résidence Taylor s'ouvre sur Rose, couverte de flocons de neige, qui tient sa valise contre elle d'un air misérable.

> ROSE
> Je suis désolée de débarquer comme ça, à l'improviste, mais je ne savais vraiment pas où aller.

Marie, en tablier, un peu de farine sur les mains et le visage, la regarde, ahurie.

> MARIE
> Vous ne passez pas Noël chez Louis ?

Depuis la salle à manger, Bob, Joe et Simone, qui finissaient de décorer le sapin de Noël, se figent, interloqués.

ROSE
Non. Il m'a demandé de dormir ailleurs ce soir...

MARIE
Quel goujat !

Bob s'approche d'elles.

BOB (*à Marie*)
Il ne voit pas souvent sa famille.

ROSE (*à Marie, qui fusille Bob du regard*)
M. Taylor a raison. Je pensais aller à la pension. Simplement, ma bicyclette a crevé. Je l'ai laissée dans un fossé... je ne sais même plus où, il fait si sombre... Je ne vois pas comment atteindre le centre de Lisieux, avec ce temps.

Marie enlève son tablier et le tend à Bob.

MARIE (*à Bob*)
Chéri, les clés de ta voiture, s'il te plaît. (*À Rose*) Venez. Je vous reconduis à la résidence Echard.

Bob lui tend les clés à contrecœur. Marie s'en empare sans ménagement.

ROSE (*à Marie*)
Non, je n'oserai jamais...

Marie (*à Rose*)
Jouez franc-jeu avec moi. C'est pour que je vous ramène à Louis que vous êtes venue ici. Vous saviez très bien que je ne laisserais pas passer ça.

Rose sourit timidement, démasquée. Marie met son manteau et lui prend le bras.

Marie (*à Bob*)
Tu veux bien mettre la dinde au four, chéri ? À 210 degrés. Je reviens tout de suite.

Elles franchissent le seuil.

Marie (*à Rose*)
Personne ne doute de votre intelligence. Surtout pas moi.

Bob reste dans l'entrée, endimanché. Il se tourne vers Joe et Simone qui n'ont pas perdu une miette de la scène.

Bob
Kids ? Où est le four ?

*
* *

Pour le réveillon, Louis est entouré de toute sa famille ; ses frères, Lucien, 28 ans, et Léonard, 30, en compagnie de leurs femmes respectives, Jacqueline et Évelyne, font manger les enfants sur la table basse du salon. Calée dans le canapé, Madeleine, la mère de Louis, la soixantaine, est assise à côté de son mari, Georges, un septuagénaire à la carrure imposante. Il est lancé dans un soliloque que Louis n'écoute pas vraiment – il est captivé par les pâtes dans la soupe des petits, en forme de lettres. Une vision étrange d'alphabet réuni dans un cercle parfait.

GEORGES (*à Louis*)
... Aider les clients à repeindre leur clôture... Et pourquoi pas travailler gratuitement ?

MADELEINE (*tempérante*)
C'est important d'avoir des clients reconnaissants.

Louis sort de sa torpeur et se tourne vers ses parents. Ses frères écoutent leur père d'une oreille, embêtés pour leur aîné.

GEORGES
Reconnaissants parce qu'on fait du bon travail. Pas parce qu'on amuse la galerie. (*À Louis*) Ça fait plus de dix ans que tu t'occupes de ce cabinet, et il n'a pas bougé d'un poil. Il faut faire des affaires, pas se contenter de rendre des services !

LOUIS
Je préfère avoir un petit cabinet et être proche des gens.

GEORGES

Les gens, les gens... Les gens ne doivent pas avoir beaucoup de respect pour toi, tiens !

Georges observe ses petits-enfants, toujours en train de manger.

GEORGES

Heureusement que Lucien et Léonard m'ont fait des petits Echard, eux. La relève est assurée !

Le fils de Lucien plonge d'un coup sa cuillère dans sa soupe. Les pâtes, expulsées du bol, atterrissent sur son visage et lui donnent un air bête. Louis sourit, ironique.

La sonnette retentit.

MADELEINE (*à Louis*)

Tu attendais quelqu'un, mon chou ?

LOUIS

Non...

Louis va ouvrir. Il regarde d'un air perplexe Marie et Rose, sur le seuil.

MARIE

Bonsoir, la compagnie !

Toute la famille s'avance vers Marie.

MADELEINE
Marie ! En voilà une bonne surprise !

LÉONARD
Où est passé Bob ?

MADELEINE
Et les petits ?

MARIE
Ils vous embrassent tous. Ils m'attendent. Je suis juste venue déposer mademoiselle.

La famille observe Rose, interloquée.

MARIE (*à Louis*)
Tu le leur dis, ou tu me laisses le faire ?

Louis ne comprend pas. Rose non plus.

MARIE
Je vous présente Rose Pamphyle, la fiancée de Louis.

Rose et Louis la fixent, pétrifiés. La famille au complet se met à hurler de joie et à applaudir.

LUCIEN (*à Louis*)
Et tu comptais nous le dire quand ?

LÉONARD
Grand cornichon, va !

Louis
Tout ça est totalement…

Georges
… impoli. C'est au fiancé d'aller accueillir sa belle à la gare.

Louis
Papa…

Madeleine
C'est qu'il est si timide !

Louis
Maman !

Marie (*en messe basse, à Rose*)
Maintenant, vous avez vraiment ce que vous voulez. Bon courage. (*À la cantonade*) Joyeux Noël ! Je file !

Elle s'esquive, tandis que Madeleine, la mère de Louis, prend Rose dans ses bras. Tout le monde se presse autour de la fraîche fiancée.

À l'écart, Louis lui lance un regard effaré. Rose grimace un sourire, piteuse.

*
* *

La table du réveillon est somptueuse. Les enfants sont partis se coucher. Côte à côte, Louis et Rose sont crispés. Rose, vers qui tous les regards convergent, engloutit un verre de vin d'une traite pour se donner du courage.

Madeleine
Depuis combien de temps vous vous fréquentez, tous les deux ?

Louis (*simultanément*) Rose
Pas longtemps. Presque un an.

Toute l'assemblée les observe, surprise.

Rose (*improvisant au fur et à mesure*)
Ça fait presque un an que je travaille au cabinet. Mais Louis a mis des mois à se déclarer. Il avait sans doute peur d'être trop vieux pour moi.

Louis (*cri du cœur*)
Mais je n'ai jamais dit ça !

Rose le regarde, l'air satisfait. Louis l'ignore. Madeleine se penche vers lui, rassurante.

Madeleine
J'ai dix ans de moins que ton père, mon chou, et tu vois bien que ça fait plus de quarante ans que ça dure.

Jacqueline
Tant qu'il y a de l'amour, l'âge importe peu.

Jacqueline sourit à Lucien et pose une main tendre sur la sienne. Pour l'imiter, Rose pose sa main sur celle de Louis. Il se dégage. Léonard, à sa gauche, s'étonne de son geste. Louis s'en aperçoit et repose la main de Rose sur la sienne.

ÉVELYNE (*à Rose*)
Et qu'est-ce que vous faisiez avant de travailler pour Louis ?

ROSE
J'étais...

LOUIS (*furieux*)
Comédienne. Une très bonne comédienne, d'ailleurs.

ROSE (*à Louis*)
Pas du tout, j'étais...

Elle comprend soudain le double sens et se met à rire nerveusement.

ROSE (*à tous*)
Ah mais si. Ma vie d'avant Louis me paraît si lointaine que j'en ai tout oublié.

MADELEINE
Quel ange !

Louis, dépassé, se ressert un verre. Rose lui tend le sien, déjà un peu éméchée.

LÉONARD
Le mariage est prévu pour quand ?

LOUIS
On n'en est pas encore là. Je préfère qu'on prenne notre temps.

GEORGES
Tu ne fais que ça, prendre ton temps.

Rose engloutit son verre et se penche vers Louis.

ROSE
... Tu le regretteras si les Américains débarquent à nouveau, que l'un d'entre eux est plus rapide que toi et m'épouse.

Elle explose de rire, mais tous les autres sont mal à l'aise. Sauf Georges, qui acquiesce vigoureusement. Louis est piqué au vif.

LOUIS
Tu devrais arrêter de boire, chérie. C'est toi qui pourrais avoir des regrets, demain.

LUCIEN (*à Louis*)
Sois plus gentil avec ma belle-sœur, toi.

LÉONARD
Ça mérite au moins un baiser pour te faire pardonner.

LUCIEN
Allez !

Louis, la mâchoire serrée, se penche vers Rose et lui effleure la bouche.

GEORGES
C'est pas comme ça qu'on embrassait les femmes, à mon époque.

Rose détourne le visage pour ne pas montrer son trouble à Louis.
Ses yeux se posent sur la bouteille que Lucien est en train d'ouvrir.

ROSE
Mais c'est la bouteille du Van Gogh !

Louis remarque la bouteille, encore plus à cran.

LOUIS
Je voulais la garder pour une grande occasion.

LÉONARD
Tu te fiances ! Qu'est-ce qu'il te faut de plus ?

Louis reste bouche bée. Lucien sert tout le monde.

GEORGES
Buvons donc à la fortune perdue de mon idiot de fils.

Louis encaisse.

MADELEINE
Georges...

GEORGES
Il n'y en avait qu'un pour passer à côté d'une telle aubaine ! Un Van Gogh... Tu sais combien ça vaut, au moins ?

Madeleine se tait, soumise. Rose, estomaquée, observe les convives qui ne pipent mot.

GEORGES
Et il a fallu que ce soit ce bon à rien qui reprenne le cabinet. Si Léonard ou Lucien s'en étaient chargés...

LUCIEN
C'est reparti...

GEORGES
... je peux te dire que les affaires seraient autrement plus florissantes.

Rose (*à Georges, qu'elle coupe*)
Pas étonnant que Léonard et Lucien n'aient pas repris le cabinet. Ils savaient sûrement à quoi s'en tenir avec vous.

Georges a l'air furieux. Louis se tourne vers Rose, surpris.

Georges
Vous...

Rose (*s'emballe*)
Votre fils est un homme brillant. Il vous le montrerait sûrement si vous ne passiez pas votre temps à lui casser du sucre sur le dos !

Grandiloquente, l'alcool aidant, Rose tape du poing sur la table. Louis la regarde, époustouflé.

Rose (*elle singe le père de Louis*)
« C'est important d'être numéro un. » Quelle bêtise !

Les convives se figent. On pourrait entendre une mouche voler.

Georges (*blêmissant, à Rose*)
Vous ne manquez pas de culot.

Un silence gêné s'installe autour de la table. On ne contrarie pas le patriarche.

Georges
C'est beau, une femme amoureuse.

Georges s'esclaffe. Le reste de la tablée, soulagé, fait de même, timidement.

GEORGES (*il lève son verre*)
Bienvenue parmi nous !

Rose, comblée, trinque avec son « beau-père ». Tout le monde est ébahi qu'elle lui ait tenu tête. Louis pose à nouveau sa main sur la sienne et la serre en lui souriant.

*
* *

La famille Echard sirote un digestif au salon. Louis pose le bras d'un gramophone sur un vinyle. *Le Tango des illusions* de Jacqueline Boyer se fait entendre. Louis regarde Rose, un sourire en coin : un verre à la main, elle est affalée dans le canapé, ivre. Il lui prend la main et l'attire vers lui.

LOUIS
Vous m'accordez cette danse, mademoiselle Pamphyle ?

Sous l'effet de l'alcool, Rose manque de s'affaler. Louis la rattrape *in extremis*.

ROSE (*elle pouffe, à Louis*)
Ce n'est pas une très bonne idée. Je crois que je vais te marcher sur les pieds.

LUCIEN (*hilare*)
Ça va être du joli, le jour du mariage !

Georges, dans son fauteuil, jauge son fils. Cela semble inspirer Louis.

LOUIS (*à Rose*)
Accroche-toi, chérie.

Il l'attrape fermement par la taille et se met à danser comme un professionnel. Elle éclate de rire, surprise, et se laisse guider, totalement subjuguée.

Madeleine bat la mesure, très fière de son aîné. Georges se fend finalement d'un sourire. Tous observent le couple avec envie et admiration. Rose se laisse gagner par le rythme et épouse les pas de Louis avec de plus en plus de facilité. Ils se regardent.

ROSE
C'est ça que ça fait, alors.

LOUIS (*complice*)
De quoi ? D'être complètement saoule ?

ROSE
D'être heureux.

Louis sourit, désarmé.

Un break musical énergique surprend tout le monde. Rose lâche la main de Louis, euphorique, envoie valser ses chaussures et se lance dans un cha cha.

Emballés par son enthousiasme, les frères de Louis et leurs femmes la rejoignent sur la piste improvisée qu'est devenu le tapis du salon. Georges se lève et entraîne Madeleine avec lui, à la plus grande surprise de cette dernière. Tous font la queue leu leu derrière Rose en épousant ses pas.

Louis observe le tableau en riant, épaté.

*

* *

Dans sa propre chambre, Louis borde Rose délicatement. Complètement saoule, elle fredonne l'air sur lequel ils dansaient. La chambre de Louis est à l'image du reste de la maison : austère, impersonnelle, style début du siècle.

ROSE

... La première chose que je ferai avant la nuit de noces, c'est changer la déco.

LOUIS (*sarcastique*)

Elle va m'entendre, Marie.

ROSE

Oh, ça va. C'était pas si terrible que ça, d'être mon fiancé pendant une soirée.

LOUIS

Tu ne sais plus ce que tu dis, tu es...

ROSE (*dans un hoquet*)

On se tutoie pour de bon, maintenant ? Chic.

LOUIS
Je vais dormir sur le canapé. (*Ironique*) Nous ne sommes pas encore mariés.

Rose se met à rire toute seule.

LOUIS
Quoi ?

ROSE (*elle se reprend*)
Non. Rien. (*Elle se remet à rire de plus belle.*) C'est juste que... C'est trop mignon quand ta mère t'appelle « mon chou ». Ça sonne mieux que dans ta bouche.

LOUIS (*faussement sévère*)
Si tu répètes ça à qui que ce soit, t'es virée.

Elle est hilare. Il s'apprête à sortir.

ROSE (*elle relève la tête, soudain très calme*)
Louis ?

LOUIS
Oui ?

ROSE
Je vais me battre comme une folle pour le championnat. Beau-Papa va en manger son chapeau, tellement il sera fier de toi.

Sa tête retombe sur l'oreiller, et elle s'endort d'un coup. Louis la couve du regard, profondément attendri.

Le printemps suivant, le Championnat régional de vitesse dactylographique se tient à nouveau dans la salle des fêtes de Lisieux.

Entourée d'une quarantaine de participantes, Rose fait des exercices de gymnastique digitale devant son clavier, très concentrée. Elle a disposé sur la table ses feuilles en quinconce. Elle porte, épinglée à son chemisier, la marguerite séchée, sous plastique, qu'elle a cueillie à côté de la tombe de sa mère.

Dans les gradins bondés, Louis ronge son frein. Bob, à ses côtés, sifflote.

Le juge-arbitre fait sonner le sifflet annonçant le début de la compétition.

Rose fait un démarrage fulgurant.

À côté du juge-arbitre, le président du jury brandit une liste et donne les résultats de la première manche.

LE PRÉSIDENT DU JURY

Première au tour de qualification, Pamphyle !

Le public applaudit.

Rose se tourne vers les gradins : Bob, hébété, sort son portefeuille et tend une liasse de billets à Louis, qui lance un sourire ravi à sa sportive.

Rose ne perd pas le rythme pendant la manche suivante, au contraire ; elle tape à une vitesse dingue sur le clavier de sa machine. Elles ne sont plus que seize candidates à s'éreinter sur leur siège. Les résultats tombent comme un coup de massue sur les rivales de la jeune fille.

LE PRÉSIDENT DU JURY

Première des huitièmes de finale, Pamphyle !

Bob, blême, tend une liasse de billets encore plus importante à Louis.

Les doigts de Rose volent au-dessus de son clavier pendant les quarts de finale. Il n'y a plus que huit candidates. Rose, l'œil du tigre, emporte le morceau, encore une fois.

LE PRÉSIDENT DU JURY

Première des quarts de finale, Pamphyle !

Rose est en sueur mais gagne encore en rapidité pendant les demi-finales. Il n'y a plus que quatre candidates.

LE PRÉSIDENT DU JURY

Première des demi-finales, Pamphyle !

Le public est en délire pour la finale. Rose semble possédée. Sa dernière opposante s'accroche.

LE PUBLIC (*en chœur*)
Pamphyle ! Pamphyle ! Pamphyle !

Rose continue sa course contre la montre, avant de lever les mains au coup de sifflet final, dans un état second.

LE PRÉSIDENT DU JURY
Mesdames, mesdemoiselles, messieurs, je suis fier de vous présenter, avec un score de quatre cent quatre-vingt-onze frappes à la minute... la nouvelle championne de vitesse dactylographique Basse-Normandie ! Rose Pamphyle !

Bob, ébahi, triture son portefeuille pour en extirper encore des billets. Louis, emporté par la joie, le lui prend des mains et se lève, suivi par le reste du public qui applaudit à tout rompre. Bob, assis, rumine sa défaite, tandis que Louis descend vers la scène.

Rose, sur la plus haute marche d'un podium, l'écharpe de la CHAMPIONNE BASSE-NORMANDIE 1959 autour du buste, sa coupe dans les bras, est sonnée. Louis arrive à sa hauteur, la prend dans ses bras et la fait virevolter. Elle est aux anges.

*
* *

Le lendemain matin, brisant le silence des ruelles paisibles de Saint-Fraimbault, Françoise court comme une dératée et entre en trombe dans le BAZAR PAMPHYLE. Échevelée, elle agite le dernier numéro de *Ouest-France*.

Jean, le père de Rose, derrière son comptoir, la regarde, interloqué.

FRANÇOISE (*surexcitée*)

Monsieur Jean ! On parle de Rose dans le journal ! Elle est célèbre !

Elle lui tend le quotidien. En première page, côte à côte avec un article sur les évènements d'Algérie, la photo de Rose sur le podium, sa coupe à la main, l'air d'un lapin pris dans les phares d'une voiture :

ROSE PAMPHYLE, LA PETITE NORMANDE
AUX DOIGTS DE FÉE.

Jean reste pantois quelques secondes, puis reprend son air bourru.

JEAN

Être célèbre, c'est pas un métier.

Il tourne le dos à Françoise en grommelant.

*
* *

Dans son bureau, Louis arrange un magnifique bouquet de roses rouges, qu'il observe, songeur. Un brouhaha lui parvient depuis le hall. La candidate sûre d'elle et son amie bien en chair qui étaient venues passer l'entretien d'embauche le jour de l'arrivée de Rose sont là.

POURQUOI PAYER PLUS CHER ?...
L'HUILE D'ARACHIDE S. E. R.
EXTRA-SUPERIEURE
Le litre nu .... 225 Frs
avec 2 bons-ristournes
dans toutes les Succursales de l'ECONOMIQUE

OUEST France
BRETAGNE — NORMANDIE — MAINE — ANJOU — POITOU
ABONNEMENTS
LE NUMÉRO : 20 F.

CHOLET
VENDREDI 16 MAI 1958
Directeur général : Paul HUTIN-DESGREES

Le fossé se creuse entre PARIS et ALGER

PARIS De Gaulle : "Je me tiens prêt à assumer les pouvoirs de la République"

L'Assemblée nationale convoquée ce matin

MOLLET entre au gouvernement, mais PINAY refuse

ALGER SALAN : " *Vive l'Algérie française, Vive de Gaulle* "

DE SÉRIGNY, *directeur de l'"Écho d'Alger" (ultra)* **assure la liaison entre le Comité et le général SALAN**

La déclaration du général de Gaulle

Voici le texte de la déclaration que le général de Gaulle a rendue publique hier :

« La dégradation de l'État entraîne infailliblement l'éloignement des peuples associés, le trouble de l'armée au combat, la dislocation nationale, la perte de l'indépendance. Depuis 12 ans la France, aux prises avec des problèmes trop rudes pour le régime des partis est engagée dans un processus désastreux.

« Naguère le pays dans ses profondeurs m'a fait confiance pour le conduire tout entier jusqu'à son salut.

« Aujourd'hui, devant les épreuves qui montent de nouveau vers lui, qu'il sache que je me tiens prêt à assumer les pouvoirs de la République ».

PARIS, 15 (de notre rédaction). — La situation qui paraissait hier s'être détendue, s'est de nouveau aggravée aujourd'hui.

A Alger, le général Salan a crié « Vive de Gaulle », tandis que des « comités de salut public » se constituaient dans toute l'Algérie.

De plus, M. de Sérigny, directeur de l'Écho d'Alger, et qui ne peut pas être considéré comme un élément modérateur assume maintenant des fonctions au « Comité de salut public » d'Alger.

A Paris le général de Gaulle déclare qu'il est « prêt à assumer les pouvoirs de la République ». Ce n'est sans doute pas, à proprement parler, un acte de candidature, mais

Raymond HENRY.

(Suite page 5.)

UNION dans le SANG FROID

ROSE PAMPHYLE

LA PETITE NORMANDE AUX DOIGTS DE FÉES.

La Basse-Normandie vient compléter le palmarès des régions championnes de dactylographie.

GRAND JEU LARIFLETTE

En page 3, la suite des

DESSINS SÉLECTIONNÉS

Rose Pamphyle en une de *Ouest-France*
Création équipe décoration.

EX-CANDIDATE À L'AIR HAUTAIN
J'ai toujours su que vous aviez quelque chose en plus. Une vraie virtuose !

Louis rajuste sa cravate et apparaît dans l'entrebâillement de la porte, le bouquet camouflé derrière son dos.

EX-CANDIDATE BIEN EN CHAIR (*à Rose*)
J'adorerais monter à Paris pour vous soutenir, mais mon mari ne veut pas, hélas.

La coupe de numéro un de Rose trône sur une étagère au-dessus du comptoir. La jeune fille est aussi entourée par M. et Mme Blaiseau, qui jettent sur elle des regards envieux et admiratifs. Épatée, Rose signe à tour de bras des exemplaires de *Ouest-France.*

MADAME BLAISEAU (*à Rose*)
J'ai eu une extinction de voix après le championnat, tant j'ai crié votre nom depuis les gradins !

MONSIEUR BLAISEAU
Je ne l'avais pas vue comme ça depuis notre nuit de noces !

Le petit groupe se marre, tandis que Mme Blaiseau tance gentiment son mari.

LOUIS (*affichant un sourire de circonstance*)
S'il vous plaît, mesdames, monsieur, j'aimerais pouvoir travailler au calme.

Louis perd d'un coup son sourire poli : un jeune gars charmant, 24 ans, l'air roublard, arrive dans le hall, un petit bouquet de roses minable à la main, qu'il tend à une Rose rougissante.

LE JEUNE GARS
Pour la plus belle de toutes les roses.

L'assemblée féminine s'extasie.

LOUIS (*dans sa barbe*)
C'est fin.

De dos, Louis pose sèchement son bouquet sur une étagère dans son bureau et ferme discrètement la porte derrière lui. Il s'avance dans le hall, l'air de rien.
Rose prend maladroitement les fleurs sous les regards amusés de l'assemblée.

LE JEUNE GARS (*très sûr de lui, ignorant les autres, à Rose*)
Ça vous dirait de faire un tour d'autos-tampons avec moi ce soir ? Faut la fêter, cette victoire !

Rose jette un regard à Louis, qui observe le jeune homme d'un air dur.

ROSE (*l'air déçu*)
C'est que... J'ai entraînement.

MONSIEUR BLAISEAU (*à Louis, gentiment réprobateur*)
Vous l'épuisez, cette petite !

LOUIS (*cassant*)
Elle doit encore augmenter sa vitesse, et surtout, gagner en endurance.

ROSE (*vexée*)
Elle n'en doute pas.

LOUIS (*même ton, à Rose*)
Peut-être, mais en attendant, elle est toujours en dessous du record de France.

ROSE
Ça l'aiderait si son entraîneur daignait l'informer de ses scores exacts.

LOUIS
Elle devrait faire plus confiance à son entraîneur.

La joute verbale jette un léger froid dans l'assemblée.

MADAME BLAISEAU (*à Louis*)
Et vous, vous devriez vous adresser avec un peu plus de délicatesse à votre secrétaire. C'est une championne maintenant.

Le soupirant, M. Blaiseau et les candidates acquiescent vigoureusement.

*
* *

Bob et Louis, attablés dans la cuisine de la résidence Taylor, une bouteille de vin ouverte entre eux, sont en pleine discussion. Marie, à l'écart, prépare nerveusement le dîner.

Bob (*à Louis*)
Moi, je mise contre elle sans hésiter. La vraie question, c'est... Est-ce que tu auras les tripes, Louis ? Quitte ou double.

Marie pose la marmite d'un coup entre les deux hommes, les interrompant.

Marie (*à Louis*)
Elle est où ?

Louis (*mauvaise foi*)
Qui ça ?

Marie (*railleuse*)
Ta fiancée.

Louis
Il n'y a pas de quoi être fière de toi.

Marie
Tu es stupide de ne pas l'avoir amenée. Je l'adore, cette fille.

Louis
Tu n'es pas la seule. Ça a pris des jours à ma mère pour se calmer. Elle est raide dingue de Rose. Comme toute la ville, maintenant.

Marie
Tu es jaloux, ma parole ! Tu voudrais la garder juste pour toi, pas vrai ?

Louis (*il s'enfonce*)
Mais pas du tout. Rose est libre. À t'entendre, on dirait qu'on est amants.

Bob est incrédule. Marie lui lance un regard victorieux.

Marie (*à Bob*)
Tu vois ! J'étais sûre qu'il ne s'était toujours rien passé !

Elle tend la main vers Bob en mimant un billet qu'on froisse. Bob soupire et se résigne à en sortir un de sa poche, qu'il tend à sa femme. Marie l'embrasse, narquoise.

Louis (*effaré*)
Vous avez fait un pari sur ma tête ?

Marie sourit doucement à Louis tandis que Bob se marre.

Marie
Tu lui plais, Louis.

Bob (*il acquiesce*)
Et elle te plaît.

Louis (*s'énerve*)
Arrêtez de décider à ma place ! Si je vous avais écoutés il y a un an, elle serait repartie chez elle ! Rose ne doit penser qu'au championnat. Je peux mettre le monde à ses pieds, bordel.

Marie
Tu as un tel orgueil que la seule femme qui puisse te convenir, c'est une championne du monde. Personne ne sera jamais assez bien pour toi.

Louis (*cassant*)
Tu devrais arrêter de lire tous ces bouquins de psychologie. Ça ne te réussit pas.

Marie est vexée. Un silence embarrassé s'installe.

Bob (*dans ses pensées*)
Poor kid[1]. Elle n'a déjà aucune chance de devenir championne de France, et en plus elle va finir vieille fille.

Louis (*il serre la main de Bob*)
Double.

Bob (*à Marie, pour la dérider*)
On va être riches, chérie.

---

1. « Pauvre enfant. »

La Dyna Panhard de Louis roule dans un Paris printanier, sur le pont d'Iena. Elle passe non loin de la tour Eiffel. La circulation est dense. Plein de belles voitures de marque roulent à toute allure. Celle de Louis semble bien moins exceptionnelle au milieu de la capitale que dans les petites rues de Lisieux. Sur les trottoirs, les gens se pressent – des hommes en costume et des femmes élégantes marchent tels des mannequins sur un podium.

Rose les observe depuis le siège passager, fascinée, puis se regarde dans le rétroviseur.

ROSE
Je ne ressemble à rien. Je ne peux pas aller au championnat comme ça.

LOUIS (*en conduisant*)
Il y a pire que toi, je t'assure.

ROSE (*à elle-même, passant la main dans ses cheveux*)
Regarde-moi ça ! C'est tarte !

Louis se gare en double file. Il sort une enveloppe pleine de billets de sa boîte à gants et la tend à Rose.

LOUIS
Va t'arranger.

ROSE (*sort en snobant l'enveloppe)*
Je suis une secrétaire assez réputée, tu sais. Je peux m'entretenir toute seule maintenant.

Elle s'éloigne.

LOUIS
Tu me retrouves à l'hôtel à huit heures au plus tard. Ne te perds pas !

Rose disparaît parmi la foule de badauds. Louis redémarre.

*
* *

La nuit tombe sur la façade d'un hôtel deux étoiles, éclairée par une enseigne lumineuse rouge et bleue, dans une rue animée de Saint-Germain-des-Prés.

Louis, assis sur le lit de Rose, une cigarette au bec, les sourcils froncés, est en train de dessiner quelque chose sur un bout de papier. À ses pieds, plein de sacs de marques de vêtements empilés les uns sur les autres. Louis regarde ce qu'il vient de dessiner. En transparence, on aperçoit un cercle. Il ne semble pas satisfait. Il se tourne vers la salle de bains.

Louis
Rose ! Tu la mets, cette robe, ou tu la couds ?

Rose (*depuis la salle de bains*)
C'est bon ! J'arrive !

Rose sort timidement. Louis est soufflé : devant lui, une femme maquillée à la perfection, coiffée à la manière d'une star hollywoodienne, vêtue d'une robe décolletée, lui lance un regard perdu.

LOUIS
Rose, tu es...

ROSE
Ridicule, je sais.

Elle fait volte-face pour retourner s'enfermer.

LOUIS
Tu es... Enfin... Tu n'es plus la même personne.

Rose s'immobilise. Elle baisse la tête, maussade.

ROSE
Je suis toujours la même. C'est la robe qui est différente.

Louis s'approche d'elle. Il met la main sous son menton et relève son visage vers lui, charmé.

LOUIS
Elle va pas être très pratique pour taper à la machine... (*Un temps, il se reprend.*) Bon. Au lit. (*Il précise*) À demain.

ROSE
Tu n'as pas le droit de me faire ça.

LOUIS
Je n'ai pas le droit de te perturber la veille de la compétition la plus importante de ta vie, oui.

Il s'apprête à sortir de la chambre. La colère monte dans les yeux de Rose.

ROSE (*provocante*)
Qu'est-ce qui te dit que ça serait ma première fois ? C'est bon, Louis, on est en 1959. Ça fait belle lurette que les filles n'attendent plus le mariage pour connaître ces choses-là.

Rose toise Louis, fière de son petit effet.

LOUIS
Eh bien ça fera au moins une chose que je n'aurai pas à t'apprendre.

Rose le gifle. Hors de lui, Louis lui retourne la gifle. Ils sont tous les deux sonnés. Louis attire la jeune femme contre lui et l'embrasse presque brutalement. Ils se reculent et se regardent, pantois.

LOUIS
Je peux mieux faire.

Il l'enlace à nouveau et, cette fois, l'étreinte est magistrale. Ils reculent ensemble vers le lit. Dans la précipitation, elle se prend les pieds dans le fil de la lampe de chevet, qui tombe au sol. L'ampoule se casse, les plongeant dans la pénombre. Ils s'embrassent de plus belle tandis que les lumières de l'enseigne à l'extérieur les enveloppe dans une alternance de bleu et de rouge.
ROUGE : Rose déboutonne fébrilement la chemise de Louis.

BLEU : Louis saisit fermement les mains de Rose, l'interrompant, et les embrasse avec avidité.

ROUGE : Louis, derrière Rose, l'enlace et embrasse sa nuque.

BLEU : La robe de Rose tombe à ses pieds, dévoilant ses jambes. Les mains de Louis se posent sur sa poitrine nue.

ROUGE : Rose, nue, étendue sur le lit, ferme les yeux et laisse aller sa tête en arrière.

BLEU : Louis, habillé, se penche sur Rose et la caresse d'un geste enveloppant.

ROUGE : Rose ouvre les yeux dans un sursaut.

BLEU : Rose saisit Louis par le cou, l'attire à elle et l'embrasse.

ROUGE : Les mains de Rose immobilisent les poignets de Louis.

BLEU : Louis, nu, se laisse aller sous les caresses de Rose.

ROUGE : Louis est à nouveau sur Rose, dominant.

BLEU : Elle pose la main sur son torse et le pousse.

ROUGE : Louis et Rose font l'amour passionnément, elle sur lui, ses yeux plongés dans les siens.

BLEU : Les mains de Rose et de Louis se joignent et s'étreignent.

*
* *

Le hall luxueux du siège social de la maison JAPY est bondé d'une foule de gens très classes, dans une ambiance guindée. Une nuée de journalistes entoure Annie Leprince-Ringuet, 25 ans, qui porte l'écharpe de la CHAMPIONNE DE FRANCE 1958 et prend la pose, fatale, dans une robe mauve électrisante.

UN JOURNALISTE
Mademoiselle Leprince-Ringuet, vous remettez en jeu votre titre de championne de France pour la troisième fois, et qui plus est dans les murs de la maison Japy. Les plus gros clients de la marque, triés sur le volet, ont été spécialement invités pour l'occasion. Pas trop nerveuse ?

Annie Leprince-Ringuet, tout sourire, lui fait un clin d'œil enjôleur.

ANNIE LEPRINCE-RINGUET
J'ai l'air nerveuse ?

Rires des journalistes, sous le charme. Le regard ténébreux, le très séduisant Gilbert Japy, 30 ans, se tient à côté d'Annie. Derrière lui, un sexagénaire massif, son père, Edmond Japy.

GILBERT JAPY (*aux journalistes*)
C'est bien parce que Annie est la meilleure que nous la parrainons. Mon père, Edmond Japy, a créé un chariot avec un roulement à billes, spécialement pour elle.

Mal réveillée, la machine *Hermès* dans les bras, Rose se fraie un chemin jusqu'à la salle de compétition. Derrière elle, Louis, les mains sur ses épaules, ne quitte par les Japy père et fils des yeux, tendant l'oreille.

LE JOURNALISTE

Un roulement à billes, monsieur Japy ?

Les journalistes dirigent leurs micros vers Edmond Japy. Annie, un peu délaissée, se rembrunit.

EDMOND JAPY

Les tiges des touches voisines se bloquaient très fréquemment sur les premières machines. Nous avons déjà commencé par concevoir le clavier AZERTY, de manière que les lettres les plus contiguës dans les mots de notre langue soient les plus écartées possible. Puis nous avons...

ANNIE LEPRINCE-RINGUET (*le coupe*)

En gros, avec le roulement à billes, vous effleurez juste le chariot, et... (*elle mime le mouvement*) Schwiiiing !

Rires des journalistes, qui reportent leur attention sur la championne. Annie se rengorge. Edmond Japy lui lance un regard amusé.

UN AUTRE JOURNALISTE (*à Annie*)

Pensez-vous battre aujourd'hui votre propre record de cinq cents frappes à la minute ?

ANNIE LEPRINCE-RINGUET

Une championne ne pense pas, elle agit.

Des murmures approbatifs accompagnent sa repartie. Gilbert passe un bras autour de la taille de la championne, dans un mouvement de pure fierté.

À l'écart, presque arrivée aux portes de la salle de compétition, Rose se tourne vers Louis.

ROSE
Ce n'est pas grave si on part maintenant. Personne ne s'en rendra compte.

LOUIS
Tu vas rester, et tu vas leur montrer de quoi tu es capable.

ROSE (*elle désigne Annie*)
Regarde-la. Elle a tous les yeux braqués sur elle, et moi je suis une pauvre cloche qui sort de nulle part.

LOUIS
C'est ton plus grand atout. Tu peux créer la surprise. Allez, concentre-toi maintenant.

Il la dirige vers les portes. Derrière Rose, les journalistes applaudissent. Elle se retourne : Annie Leprince-Ringuet embrasse goulûment Gilbert Japy et exhibe une bague de fiançailles devant les photographes.

Rose, amusée, retient Louis et se penche vers lui pour l'embrasser. Il esquive le baiser.

LOUIS
Pas ici, mon chou.

Rose tente de ne pas montrer sa déception.

*
* *

Une grande pièce tout en parquet. Les spectateurs sont regroupés autour de cordons en velours rouge qui délimitent l'espace de compétition. Rose a pris place devant son pupitre. Ses mains tremblent. Autour d'elle, les candidates se sont aussi installées. Comme elle, toutes ont posé leurs feuilles en quinconce et les ont doublées, à côté de leurs machines. Comme elle, toutes font des exercices de gymnastique digitale, avec des mouvements que ne lui a jamais montrés Marie, d'une dextérité impressionnante. Toutes ont l'air de tueuses en puissance. Rose pose devant elle son porte-bonheur, la marguerite, mais n'arrive pas à se calmer. Annie Leprince-Ringuet est la dernière à s'asseoir. Elle se recoiffe, nonchalante.

Le président du jury s'avance.

LE PRÉSIDENT DU JURY
Mains au-dessus des claviers.

Vingt-six paires de mains se placent simultanément au-dessus des machines.

Celles de Rose tremblent de plus belle. Elle se tourne vers le public : Louis est debout dans un coin. Il tape nerveusement du pied. Il aperçoit Rose qui le fixe, perdue. Il prend une profonde inspiration et lui lance un regard confiant.

Les mains de Rose arrêtent instantanément de trembler.

Le sifflet retentit. Rose se lance à cœur perdu dans la course.

Le président du jury annonce les résultats de la première manche.

LE PRÉSIDENT DU JURY
... Et viennent de se qualifier, pour les quarts de finale, Leprince-Ringuet, largement en tête, suivie par Layrac, Corty, Hubert, Potez, Legendre et enfin Pamphyle.

Rose s'acharne sur son clavier avec crispation pendant les quarts de finale. Devant elle, Annie Leprince-Ringuet semble voler au-dessus des touches. Elle fait allégrement fonctionner son chariot à roulement à billes, qu'elle ramène avec une fluidité déconcertante. Rose sursaute à ce bruit inhabituel et observe la championne, s'arrêtant de taper quelques secondes. Les autres prennent de l'avance mais Rose se ressaisit. Dans le public, Louis paraît très inquiet.

Le président du jury
Qualifiée pour les demi-finales, Leprince-Ringuet, suivie de loin par Layrac, Meyer et Pamphyle !

Des gouttes de sueur coulent des bras de Rose tandis qu'elle bataille à nouveau. Les quatre candidates sont en pleine action. Annie est pimpante, très droite, quand toutes les autres sont recroquevillées sur leur clavier.

Louis est au comble de l'angoisse.

Les membres du jury comptabilisent le nombre de frappes des copies tandis que les quatre candidates en lice reprennent leur souffle après cette manche difficile. Leurs entraîneurs respectifs soignent leur machine à écrire, comme ils le feraient avec des voitures de course : réglage des tabulateurs, nettoyage des claviers. Louis change le ruban usagé de la machine *Hermès*. Il le jette dans une corbeille remplie d'autres rubans dans le même état. Rose, à bout de souffle, est affalée en arrière sur sa chaise. Il claque des doigts devant ses yeux afin qu'elle reprenne ses esprits. Rose regarde les autres et les voit floues.

Mlle Layrac a la tête plongée dans son clavier, inconsciente.

Mlle Meyer s'évente avec une page vierge.

Annie Leprince-Ringuet se refait les ongles, pendant que son entraîneur, Mme Shorofsky, une quinquagénaire longiligne, graisse les branches de sa machine.

Le président du jury s'avance. Tous s'immobilisent. Louis est au bord du malaise et tente de ne surtout pas le montrer à Rose.

LE PRÉSIDENT DU JURY

Mlle Leprince-Ringuet affrontera... Mlle Pamphyle en finale !

Louis serre le poing, victorieux. Rose, qui n'arrive pas à reprendre sa respiration, esquisse un faible sourire à son adresse.

Mlle Layrac ne réagit pas à l'annonce des résultats. Elle reste inerte sur son clavier. Son entraîneur la traîne vers la sortie, aidé par l'entraîneur de Mlle Meyer, tandis que cette dernière pleure toutes les larmes de son corps.

Annie secoue ses doigts fraîchement peints et se met à faire un exercice de gymnastique digitale. Elle se tourne vers Rose et lui sourit. Chaleureuse, Rose fait de même. Tout en se massant les doigts, Annie tend ostensiblement son majeur en direction de Rose, en souriant de plus belle, carnassière. Le sourire de Rose se flétrit.

L'une en face de l'autre, Rose et Annie tapent toutes les deux à une vitesse époustouflante, au coude à coude. Rose prend à chaque fois du retard, précédée par le chariot sophistiqué de sa rivale, mais rattrape constamment le rythme.

Derrière les cordons, Louis va de l'une à l'autre, le regard perdu.

Extrait du storyboard Championnat de France
Création Maxime Rebière.

Debout derrière le président du jury, Rose, qui n'a jamais eu l'air aussi éreintée, et Annie, en pleine forme, attendent les résultats. Roulement de tambour. Louis est blême.

LE PRÉSIDENT DU JURY

Nous sommes confrontés à un événement rare. Nos deux finalistes ont exactement le même nombre de frappes, soit quatre cent quatre-vingt-dix huit par minute !

Rumeurs parmi les spectateurs. Louis reprend espoir. Rose, le souffle court, pose la main sur son ventre. Gilbert et Edmond Japy semblent un peu inquiets, contrairement à Annie qui jette un regard condescendant sur sa rivale.

LE PRÉSIDENT DU JURY

Afin de départager les concurrentes, les membres du jury ont donc décidé d'une prolongation de cinq minutes !

Les rumeurs reprennent de plus belle. Rose se laisse choir sur sa chaise et boit d'une traite une gourde remplie d'eau. Elle observe Gilbert Japy qui se dirige vers Annie et se met à lui masser les épaules, suivi par son père, qui fait ses dernières recommandations à la championne. Annie, confiante, se laisse aller au massage.

LOUIS

Cinq minutes... Tout va se jouer en cinq minutes.

Rose sursaute et aperçoit Louis qui lui fait face.

LOUIS
Donne tout ce que tu as, Rose. Tu m'entends ? Tout.

ROSE
Je n'en peux plus.

LOUIS
C'est le moment pour lequel on a tant travaillé.

ROSE
C'est déjà bien d'être arrivée jusque-là, non ? Ça me va.

Louis s'énerve d'un coup.

LOUIS
Moi ça ne me va pas du tout ! Tu es molle depuis le début de la compétition. Tu veux continuer à me décevoir en finale ? (*Les yeux de Rose se brouillent.*) Je t'ai menti, Rose. (*Rose n'en revient pas.*) Les cinq cents frappes à la minute de Leprince-Ringuet, tu les as dépassées depuis belle lurette à l'entraînement.

Rose se lève, hors d'elle. Louis sourit. Edmond Japy observe la scène avant de s'éloigner.

LOUIS
Tu m'en veux, hein ? C'est le but. Venge-toi.

Rose, écœurée par l'attitude de Louis, lui lance un regard assassin tandis qu'il s'éloigne. Elle pose des yeux furieux sur Annie Leprince-Ringuet. La championne, surprise, fait un mouvement de recul. Gilbert, l'air séduit, détaille Rose de la tête aux pieds. Annie le remarque et se dégage, le même regard meurtrier que Rose.

ANNIE LEPRINCE-RINGUET

Va-t'en de là, Gilbert. J'ai besoin de me recentrer.

GILBERT

Recentre-toi, chérie, recentre-toi.

Gilbert s'éloigne à son tour. Annie et Rose, fulminantes, se tiennent prêtes, tandis qu'on leur distribue le texte de la manche finale.

LE PRÉSIDENT DU JURY

Mesdemoiselles, mains au-dessus des claviers.

Les deux adversaires se mettent en position.

La sonnerie retentit à nouveau. Rose et Annie démarrent à une vitesse folle. Annie, avantagée par son chariot, retire la première feuille avec une très grande avance sur Rose. Cette dernière, très en retard, est en difficulté.

C'est insoutenable pour Louis. Au comble de l'angoisse, il se dirige vers la sortie.

Dans le hall, assis sur les marches du grand escalier, Louis se masse le crâne. Le bruit tonitruant des touches lui parvient depuis le salon. Il allume une cigarette qu'il fume avec une intense nervosité.

Annie mène la course. Les Japy père et fils sont sereins. Edmond s'apprête à poser la main sur l'épaule de son fils mais s'immobilise soudain : Rose, enragée, à la force du poignet, fait maintenant revenir son chariot au même moment que celui de la championne.

Dans le cendrier à côté de Louis qui fume, deux mégots encore rougeâtres. Soudain, une clameur impressionnante retentit. Louis s'immobilise, anxieux.

L'écharpe de la CHAMPIONNE DE FRANCE 1959 autour du buste, une coupe énorme dans un bras, et un bouquet faramineux dans l'autre, hélée par les journalistes, Rose est inondée par les flashs et les applaudissements.

Gilbert quitte la seconde marche du podium où il consolait vaguement Annie Leprince-Ringuet pour monter à côté de la nouvelle championne.

GILBERT
Tu sais, Annie, il n'y a pas que la vitesse dactylographique dans la vie.

Gilbert passe son bras autour de la taille de Rose. Celle-ci, transportée par les hourras, ne s'en rend même pas compte. Annie s'apprête à enlever sa bague de fiançailles.

GILBERT (*à Annie*)
Tu n'es pas de celles qui rendent les bagues.

Annie ravale sa bile et se met à sourire aux photographes.

Louis entre et aperçoit Rose sur la plus haute marche du podium. Il est époustouflé, au comble de la joie. Il se précipite vers elle et se fraie un chemin parmi les spectateurs.

LOUIS
Combien elle a fait ? Combien elle a fait ?

UN SPECTATEUR (*s'agrippe à lui, survolté*)
Cinq cent six frappes à la minute ! Elle a pulvérisé le record de France !

Louis sourit, aux anges.

UN AUTRE SPECTATEUR
Elle s'appelle Rose Pamphyle. Elle vient d'un trou perdu en Normandie à ce que j'ai cru comprendre. Elle peut être fière d'elle.

Le visage de Louis se ferme. Il se dégage des deux spectateurs et, tant bien que mal, s'avance au pied du podium.

Rose ajuste son écharpe, pose son bouquet dans les bras de Gilbert et s'avance sur le podium. Elle lance un sourire radieux aux photographes, ivre de bonheur. Avec un naturel étonnant et inédit, elle aguiche l'assemblée masculine, prend la pose comme les vedettes de cinéma accrochées dans sa chambre, avec de plus en plus de facilité. Les photographes poussent des sifflements admiratifs, se ruent sur elle et repoussent Louis.

Rose remonte légèrement sa jupe et rit à gorge déployée, dans une imitation cette fois impeccable de Marilyn. L'ambiance est survoltée autour d'elle.

Louis, meurtri, ballotté parmi les convives, est repoussé encore plus loin et heurte Edmond Japy, derrière lui, qui se fend d'un grand sourire.

EDMOND JAPY (*affable*)
Voilà l'homme qui a battu ma double championne de France.

LOUIS (*fuyant*)
Ce n'est pas moi qui ai gagné.

EDMOND JAPY (*il lui tend la main*)
Edmond Japy, enchanté.

LOUIS (*il la serre, contrit*)
Louis Echard.

EDMOND JAPY
Je sais. Ne faites pas cette tête, c'est un moment heureux.

LOUIS
Je serai heureux quand Rose sera championne du monde.

EDMOND JAPY
La France n'a jamais battu l'Amérique. Vous pensez vraiment que vous êtes l'homme de la situation ?

LOUIS (*mauvais*)
Parce que c'est vous, peut-être ?

EDMOND JAPY
Mme Shorofsky, l'entraîneur qui travaille pour nous, s'est retrouvée trois fois en finale en face de la tenante du titre. Elle connaît toutes les techniques qu'utilisent les Yankees.

LOUIS
Ça n'a pas aidé Mlle Leprince-Ringuet pour autant.

EDMOND JAPY
Elle n'a pas le potentiel de Mlle Pamphyle.

Louis
Je ferai tout pour que ce potentiel devienne une réalité.

Louis le salue et s'apprête à partir. Son interlocuteur lui bloque le passage, nonchalant.

Edmond Japy
Si vous ne l'aviez pas énervée tout à l'heure, elle aurait loupé le coche. Maintenant que vous lui avez menti sur ses scores, il ne vous reste aucune carte à jouer à New York.

Louis (*touché*)
Une championne du monde doit faire vendre beaucoup de machines à écrire pour que vous vous donniez tout ce mal.

Edmond Japy
Mlle Pamphyle connaît l'homme, elle ne peut plus respecter l'entraîneur. Elle a deux mois pour vaincre les Américains. Ces gens-là sont prêts à tous les sacrifices pour leur champion. J'aurais cru pouvoir en dire autant de vous.

Louis détourne le regard de Rose, vaincu, et fixe Edmond, l'air résigné.

*
* *

La nuit est tombée sur la MAISON JAPY. Il y a eu un orage pendant la compétition ; la pluie fait rutiler les voitures de marque garées les unes à côté des autres, auprès desquelles les chauffeurs attendent.

Louis pose la machine *Hermès* sur le siège passager de sa Dyna Panhard, la mâchoire serrée.

ROSE
Louis !

Il s'immobilise. Rose, échevelée, son écharpe de championne toujours sur le dos, sa coupe à la main, le rejoint, surexcitée, et le prend dans ses bras. Elle le serre très fort contre elle.

ROSE (*murmure*)
Je t'aime.

Louis, la boule au ventre, est pris au dépourvu.

ROSE (*taquine*)
Pourquoi tu te caches ? Le journaliste de *Paris Match* veut en savoir plus sur nous deux. Peut-être qu'à lui tu diras tout le bien que tu penses de moi. (*Louis reste muet.*) Un entraîneur ne fait jamais de compliments à son athlète, c'est ça ? Les Japy viennent de m'offrir un contrat, fais gaffe.

LOUIS
C'est parfait.

Rose tombe des nues.

ROSE
Comment ça, parfait ? Tu ne crois tout de même pas que je vais accepter ?

LOUIS
C'est la chance de ta vie. Ils ont les moyens de te faire gagner.

ROSE
Tu parles comme eux.

LOUIS
Tu peux enfin devenir une star, faire le tour du monde, rencontrer un tas de gens…

ROSE
Mais je me fiche de tout ça !

LOUIS
… Quitter Saint-Fraimbault et Lisieux une bonne fois pour toutes.

Louis ferme la portière passager, sort ses clés et s'apprête à contourner la voiture. Rose est abasourdie. Elle est totalement vulnérable, près de se briser. C'est insupportable pour Louis.

LOUIS
Tu n'as plus besoin de moi.

Il contourne sa voiture pour s'installer à la place du conducteur.

ROSE
Et alors ? C'est toi que je veux.

LOUIS
Ta place est ici. Assume qui tu es, bordel.

ROSE
Je t'aime !

Louis se fige, au comble de l'émotion.

LOUIS
Pas moi.

Rose encaisse, au bord des larmes.

ROSE
Tu mens. Je sais que tu en es capable, maintenant.

Il lutte pour ne pas craquer.

LOUIS
Sans le championnat, on n'aurait jamais fini dans le même lit. C'est tout ce qu'il te fallait pour gagner.

ROSE
Je pensais que tu valais mieux que ça.

LOUIS (*d'un calme terrifiant*)
On fait tous des erreurs de jeunesse.

Il entre dans sa voiture, enclenche le moteur et démarre.

Rose, détruite, fait tomber son trophée en regardant la voiture s'éloigner et disparaître. La coupe roule à ses pieds.

La *Triumph* trône toujours au centre de la vitrine du BAZAR PAMPHYLE par cet après-midi d'été. Un quadragénaire, suivi d'une adolescente à l'air surexcité, entre dans le magasin et se poste devant Jean.

LE QUADRAGÉNAIRE
Vous la vendez combien, la machine en vitrine ? Ma fille est prête à tout pour l'avoir.

L'ADOLESCENTE
Tu te rends pas compte, papa ! C'est celle sur laquelle Rose Pamphyle a posé ses doigts pour la première fois ! (*À Jean*) Elle est géniale, votre fille, c'est une vraie source d'inspiration.

Jean n'en revient pas.
Françoise, qui fait du rangement dans les étagères, se tourne vers la jeune fille en souriant.

LE QUADRAGÉNAIRE
Alors ? Combien ?

*
* *

Blottie contre un beau jeune homme musclé, dans l'obscurité d'un cinéma parisien, Annie Leprince-Ringuet regarde les publicités d'un air distrait. Son compagnon l'embrasse dans le cou. Sur l'écran, à la manière de *La Belle et la Bête* de Cocteau, des mains de femmes pianotant dans le vide sortent d'un mur. Rose apparaît, les ongles multicolores, en robe rose, assise sur une chaise design, devant un bureau sur lequel est posée une petite machine à écrire rose. Dans la salle, Annie se fige, une boule en travers de la gorge.

ROSE

Moi, Rose Pamphyle, que je batte un record de vitesse ou que je tape juste une lettre, je suis toujours en tête ! (*Elle désigne la machine à écrire.*) Je le fais sur la *Populaire,* de Japy. C'est léger, moderne, et c'est rose !

À travers les volutes de fumée des cigarettes des spectateurs, Rose semble figée, condamnée à sourire à jamais, tandis que s'inscrit sur son visage, en grosses lettres roses :

Avec la *Populaire* de Japy,
c'est vous la plus populaire !

Annie repousse son amant, agacée.

ANNIE LEPRINCE-RINGUET
Une machine rose pour Rose… Quelle imagination !

*
* *

Au cours des semaines qui suivent, la publicité autour de Rose s'enchaîne dans une frénésie étourdissante. *Paris Match*, *Jours de France*, *Le Petit Écho de la mode* et d'autres journaux féminins de l'époque font tous leur couverture avec la championne souriant à pleines dents ou exhibant ses mains aux ongles peints, multicolores.

Bob, épaté, observe une photo de Rose, victorieuse, à la une d'un magazine et en oublie sa maquette en cours. À travers la grande baie vitrée de son bureau, il aperçoit une file de jeunes femmes apprêtées, coiffées de chignons, en tailleurs gris, noir ou marron, qui se bousculent devant la porte en verre du cabinet ECHARD & FILS. Bob soupire, désapprobateur.

Louis, sa nonchalance séduisante retrouvée, en costume noir, une cigarette à la bouche, se dirige vers son bureau. Les nombreuses candidates qui patientent devant sa porte s'écartent sur son passage et le dévorent des yeux. Il se fend d'un petit sourire satisfait.

*
* *

Rose Pamphyle et Gilbert Japy en une de *Nous Deux*
Création équipe décoration.

Au même moment, à Paris, une foule de badauds s'amasse devant la vitrine de la Samaritaine pour admirer Rose.

À l'intérieur, attablée sur un marchepied qui tourne sur lui-même, surplombée d'un panneau rose énorme qui affiche *Populaire*, Rose, très chic, les yeux bandés, dactylographie à toute vitesse sur la petite machine Japy, tandis que Gilbert Japy lui fait la dictée.

Les yeux découverts, elle dactylographie ensuite une série d'autographes, qu'elle tend à la chaîne à ses fans (principalement des jeunes filles toutes habillées comme elle, aux ongles multicolores) qui font maintenant la queue devant le stand et montent à tour de rôle auprès d'elle. La queue est immense, et une grande majorité de la foule tient fièrement son carton de la *Populaire*. Un journaliste penche son micro vers elle.

LE JOURNALISTE
La France veut tout savoir de vous, Rose ! Dites-nous : comment se sent-on quand on est la fille la plus rapide du pays ?

ROSE
Bien, merci. Je crois sincèrement que la vitesse est le signe du progrès. Un jour, le monde sera rempli de claviers, vous verrez. Tout s'accélère, et pas que dans le sport.

LE JOURNALISTE RADIO (*un brin moqueur*)
Peut-on sincèrement affirmer que la vitesse dactylographique est un sport ?

Regard de Rose vers le journaliste. Elle pousse le chariot à roulement à billes de la *Populaire* qui atterrit directement dans le bas-ventre du journaliste qui se tord de douleur. Gilbert est hilare, comme tous les spectateurs de la scène.

Rose Pamphyle égérie de la marque Japy
Création équipe décoration.

*
* *

Devant sa télé qui retransmet la scène, Jean a les yeux grands écarquillés, ébahi.

Le reportage se poursuit sur une interview de la propriétaire de la pension de jeunes filles de Lisieux, en habits du dimanche, qui se tient bien droite derrière le comptoir de la réception, très honorée d'être interrogée.

LA PROPRIÉTAIRE
... Oui, oui, elle a séjourné ici à son arrivée à Lisieux. Une jeune fille très comme il faut.

*
* *

À Lisieux, la vie suit son cours... du moins en apparence.

À l'agence, Louis, affable, raccompagne une famille souriante à la porte. Derrière eux, sa nouvelle secrétaire, une jeune femme à la beauté froide et à la mise parfaite, tape à la machine avec application. Louis retourne vers son bureau et passe devant le comptoir. Il s'arrête furtivement, agacé : la secrétaire, malgré son apparence sérieuse, a elle aussi peint ses ongles de toutes les couleurs.

*
* *

Louis, une cigarette à la bouche, tend un billet au barman qui verse de l'alcool dans deux verres devant lui. Il se saisit du premier et trinque avec la vamp assise à ses côtés. Il se penche vers elle et lui murmure quelque chose à l'oreille, l'air goguenard. La femme fatale est morte de rire et applaudit, tout excitée.

Au même moment, à Paris.

Sur la scène d'un cabaret parisien, un big band accompagne un crooner qui termine de chanter *Le Cha cha des secrétaires* devant un parterre enthousiaste. L'artiste salue sous les applaudissements du public. Une poursuite panote vers la salle et s'arrête pile sur Rose, immobile, belle à couper le souffle, attablée entre Edmond, Gilbert Japy et d'autres hommes en costumes.

*
* *

Sur la table de nuit de Louis, le téléphone sonne sans discontinuer pendant qu'il chahute avec la vamp entre ses draps. Elle tourne un œil interloqué vers le combiné. Louis lui saisit le visage et l'embrasse presque violemment pour détourner son attention.

Rose, devant une cabine téléphonique à côté du bar du cabaret, raccroche, la mort dans l'âme. Elle se retourne et se retrouve nez à nez avec Gilbert qui l'observe, le regard perçant.

GILBERT
Tu comptes l'appeler encore combien de fois avant de comprendre qu'il ne décrochera jamais ? Tes sourires dupent peut-être la France entière, pas moi. Si ton Louis est trop bête pour voir à travers, c'est son problème.

ROSE
Tu ne le connais pas.

GILBERT
N'importe quel homme qui passe à côté de toi est un imbécile.

Rose baisse les yeux, malheureuse. Gilbert s'approche d'elle doucement et lui tend le bras. Elle se résout finalement à passer le sien autour.

Elle affecte une mine altière tandis qu'ils se dirigent vers leur table, sous les regards envieux et admiratifs des convives. Gilbert est radieux. Edmond Japy se lève et avance sa chaise à la jeune femme, l'air séduit. Elle s'assoit, tandis que les Japy père et fils échangent un sourire de connivence.

Rose reporte son attention sur la scène. Un magicien enchaîne les tours de magie. Il place un bouton de rose dans sa main, qu'il referme. Son regard croise celui de la vedette. Il ouvre à nouveau sa main ; la rose a disparu et fait place à une fumée dense qui semble venue de nulle part.

*
* *

La lumière du jour filtre à travers les rideaux fermés, dévoilant les contours d'une chambre luxueuse du Ritz. Rose est allongée dans l'obscurité, seule, en nuisette, les yeux grands ouverts. On frappe à sa porte. Rose ne réagit pas. On toque encore. Rose se lève mollement, enfile une robe de chambre et va ouvrir. Sur le seuil, un groom séduisant, la vingtaine, tient un chariot chargé d'une multitude de lettres et de paquets.

LE GROOM
Bien dormi, mademoiselle Pamphyle ?

Rose sourit poliment au groom et acquiesce sans conviction. Il entre avec le chariot.

LE GROOM
Encore des lettres de fans. Ça n'arrête pas. Tout le monde vous aime, c'est incroyable.

ROSE (*regard triste sur les missives*)
Tout le monde...

LE GROOM
Mme Shorofsky vient d'arriver.

ROSE (*lasse*)
Dites-lui que...

Elle soupire, à court d'idées.

LE GROOM
... Que vous êtes fiévreuse.

Il lui fait un clin d'œil complice. Elle s'immobilise soudain, incrédule, devant un paquet énorme qui porte une carte de vœux : BON ANNIVERSAIRE. Elle regarde le tampon de provenance : Normandie.

LE GROOM
Vous avez besoin d'autre chose ?

Rose ne l'écoute plus. Elle retourne la carte BON ANNIVERSAIRE. Une écriture maladroite : *En retard. Papa.* Rose s'empare du paquet et le pose sur le lit. Elle s'assoit et défait le papier kraft, presque craintive. Elle découvre la machine à écrire *Triumph* de la vitrine du bazar. Elle passe une main tremblante au-dessus des touches en bakélite, bouleversée. Le groom s'apprête à sortir à pas de loup. Elle se tourne vers lui, semblant soudain se souvenir de sa présence.

ROSE
Prévenez Mme Shorofsky que je me prépare.

Le groom acquiesce.

*
*   *

Le hall de la résidence Echard s'éclaire en plein milieu de la nuit : Louis et la vamp entrent et s'embrassent jusqu'au salon en riant. Il se dirige vers un chariot sur lequel se trouvent plein de bouteilles et prépare deux verres de whisky. Elle s'avance vers le gramophone et y pose un disque. Les premières mesures du *Tango des illusions* résonnent dans la pièce, la chanson sur laquelle Louis et Rose avaient virevolté à Noël. Il se fige. La vamp danse seule devant lui, dans des mouvements qui se veulent sensuels mais restent une piètre imitation de ceux de Rose.

LOUIS
Éteins ça.

La vamp rit, monte le son et tend le bras vers lui.

LA VAMP
Fais pas ta mauvaise tête. Viens ! Allez !

Louis se lève, va droit vers le gramophone, enlève le disque et le casse d'un coup sec sur le bord du meuble. La vamp sursaute. Il retourne vers le canapé et verse le contenu du premier verre dans le second.

LOUIS
Va-t'en.

La vamp le regarde avec un air fataliste.

La vamp
Même moi tu réussis à me décourager, trésor.

Elle prend ses affaires et se dirige vers la sortie, la tête haute. Louis ne réagit pas et porte le verre à ses lèvres.

*
* *

Rose, dans sa chambre du Ritz, en sueur, tape comme une dératée sur le clavier de la *Populaire*. Derrière elle, Mme Shorofsky observe l'aiguille d'un chronomètre en prenant des notes dans un carnet. La main droite de Rose ripe sur une touche et son bras s'affale d'un coup sur le clavier. Elle s'interrompt et tape du poing.

Rose
Les touches sont impossibles, et le clavier est trop petit !

Mme Shorofsky arrête le chronomètre en soupirant.

Madame Shorofsky
Le clavier est très bien. C'est vous qui n'êtes toujours pas à la hauteur. Le record de Susan Hunter est de cinq cent douze frappes à la minute. Vous n'avez jamais dépassé les cinq cent huit. Je crois que vous ne savez pas bien à qui vous avez à faire. En dix ans, Hunter a gagné cinq championnats du monde, et elle a battu son propre record chaque fois.

Rose s'empare sans ménagement du carnet de notes de son entraîneur.

ROSE
Je suis sûre que je fais plus de cinq cent huit frappes à la minute, madame Shorofsky. Vous mentez.

Rose parcourt le carnet. Elle se décompose en voyant ses résultats.

MADAME SHOROFSKY
Je ne mens jamais.

Rose ravale sa fierté, quand elle entend le bruit d'un bouchon de champagne qui saute. Elle se retourne ; Gilbert, à l'entrée, remplit deux coupes et entre avec nonchalance.

MADAME SHOROFSKY
Il n'y a vraiment rien à fêter, monsieur Japy.

GILBERT
Vous n'avez pas vu les derniers chiffres de vente de la *Populaire.* Laissez-nous. Ça fait des heures que vous la faites cavaler.

Mme Shorofsky sort, agacée. Gilbert tend une coupe à Rose.

GILBERT
Quelle rabat-joie.

Rose ne peut s'empêcher d'esquisser un petit sourire. Gilbert lui enlève une mèche de cheveux collée sur son front en sueur. Elle se laisse faire. Il se penche vers elle et l'embrasse doucement. Elle le toise, pas dupe.

ROSE (*charmeuse*)
Il faut vraiment que tu embrasses toutes les championnes dactylographiques ?

GILBERT (*se prêtant au jeu*)
Oui, c'est une sorte de tradition.

ROSE
Et les quitter quand elles ne montent pas sur la première place du podium, ça fait aussi partie de la tradition ?

GILBERT
Je savais bien que tu n'étais pas sotte.

ROSE
J'ai lu quelques livres.

Ils trinquent.

*
* *

Louis, son verre de whisky double à la main, erre dans la chambre de Rose, laissée intacte depuis son départ. Les photos de Marilyn et d'Audrey Hepburn sont toujours accrochées sur le mur. Louis punaise à la suite une couverture de magazine où Rose pose, rayonnante. Il reste immobile devant son visage qui semble le regarder. Il se détourne et erre dans la pièce, pensif. Il se fige soudain. Sur l'étagère, devant lui, la photo de lui avec ses gants de boxe, l'air radieux, que Rose avait placée là. Louis scrute le jeune homme heureux qu'il était.

*
* *

Le *Clair de lune* de Debussy, au piano, résonne dans la maison de Bob et Marie.

Joe et Simone, les enfants, jouent gaiement dans une petite cabane en bois dans le jardin.

Dans la cuisine, impeccable, la table est mise pour quatre.

Dans le salon, Marie, seule, joue avec emphase, concentrée. Elle s'arrête d'un coup, comme si elle sentait une présence. Elle se retourne : sur le seuil de la pièce, Louis, une barbe de trois jours, les yeux rougis, l'observe avec acuité.

LOUIS
Ne t'arrête pas.

Marie le regarde en ignorant sa remarque et se lève pour l'embrasser.

MARIE
Te voilà. Ce n'est pas trop tôt. Bob se ronge les sangs à cause de toi.

LOUIS
Tu n'en as pas marre de te cacher derrière lui pour dire ce que tu ressens ?

Marie se fige, éberluée.

Marie
Tu sors d'où ? La dernière fois que je t'ai vu dans cet état...

Louis
... Tu venais de me quitter. C'est marrant que tu t'en souviennes, tu as toujours fait comme si de rien n'était. Tu me diras, j'ai fait pareil. Qu'est-ce qu'il avait de plus que moi, Bob ?

Marie
Tu es complètement saoul.

Louis
Je suis on ne peut plus sobre. Qu'est-ce qu'il avait de plus que moi ?

Marie le toise et s'apprête à quitter la pièce, outrée. Il la retient et l'agrippe fermement par le bras.

Louis
Réponds !

Marie (*blême*)
Il m'a proposé de partager une vie à deux, pas toi. Tu es parti défendre le pays sans une promesse ! Tu pouvais m'épouser avant la Libération.

Louis
Et t'offrir un veuvage comme cadeau de mariage ?

Marie
Tu n'es pas mort au combat ! Laisse-toi vivre, bon Dieu !

Louis
Tu te laisses vivre, toi, enfermée dans cette maison ? À chaque fois que tu embrasses Bob, à chaque fois que tu prends vos enfants dans tes bras, tu devrais me remercier.

Marie (*hors d'elle*)
Te remercier de quoi ? J'étais folle de toi. Tu as préféré rester le meilleur... second.

Ils sont bouleversés. Le long silence qui s'installe entre eux est chargé d'émotion. Louis se calme et baisse les armes. Il regarde Marie, profondément ému, et sincère.

Louis
Ce n'est plus pour toi que je dois me battre.

Ils tombent dans les bras l'un de l'autre.

Louis
À Paris, quand Rose a gagné, elle est montée sur le podium avec une telle joie, avec ce sourire, immense... Tu avais ce même sourire le jour où je t'ai vue avec Bob. Je me suis dit que je ne pourrais jamais la rendre aussi heureuse que ça.

Marie (*touchée*)
Je souriais parce que je me sentais aimée.

Louis acquiesce : il comprend maintenant que Rose souriait parce qu'elle se sentait aimée… de lui.

LOUIS
Je suis mort de peur.

MARIE (*complice*)
Tout le monde a peur, Louis.

Elle pose sa tête contre son épaule.

Extrait du storyboard Championnat du monde
Création Maxime Rebière.

Le balcon et l'orchestre du magnifique Archers Theater de New York sont noirs de monde.

Sur la scène, quarante tables ornées des drapeaux de chaque pays concourant sont éclairées par d'immenses projecteurs. Des centaines de doigts tapent à une vitesse vertigineuse. Les candidates, des femmes d'âges et de nationalités variées, sont de véritables machines, hypnotisées par leur clavier.

Rose pianote à toute vitesse sur la *Populaire,* sa marguerite posée à côté d'elle. Le public hurle des encouragements. La rumeur est dantesque.

Deux journalistes radio commentent l'action avec effusion.

GASTON

Ça y est, Marcel, nous y sommes !

MARCEL

Chaque candidate tape dans sa langue maternelle. Tout cela est-il un challenge égal, Gaston ?

GASTON

Absolument. Il a fallu des mois aux organisateurs pour composer des textes de difficultés équivalentes, et avec le même nombre de caractères. Qui plus est, aucun ne parle de religion ou de politique. Rien qui pourrait offenser les candidates, ou les déstabiliser, vous comprenez.

La championne de la R.F.A., bâtie comme une armoire à glace, fait craquer ses doigts à chaque fois qu'elle ramène le rouleau.

MARCEL

C'est impressionnant, ces femmes qui tapent avec une force de surhomme. Je me damnerais bien pour être un clavier de machine à écrire, là, tout de suite !

La championne coréenne, 12 ans, a l'air d'une souris minuscule à côté de la championne ouest-allemande. Elle tape sans un bruit, mais ses petites mains vont si vite qu'on arrive à peine à les distinguer.

GASTON

Admirez la maîtrise de Chen Zhong, la surdouée, au lieu de dire des bêtises.

MARCEL

Dire qu'elle a été vice-championne du monde à 7 ans !

La championne anglaise s'écroule sur son clavier en poussant un cri.

GASTON

L'Angleterre fatigue ! Ira-t-elle jusqu'au bout ?

De rage, la championne italienne lance sa machine. Celle-ci se brise sur le sol dans un fracas épouvantable.

MARCEL

On peut affirmer sans l'ombre d'un doute que l'Italie est définitivement éliminée.

La championne tchécoslovaque, le regard hagard, baisse les bras.

GASTON

La Tchécoslovaquie renonce à son tour !

Susan Hunter, majestueuse, des lunettes de première de la classe, semble jouer une symphonie de

Beethoven, incroyablement droite, un grand sourire sur les lèvres, ce qui lui donne un air presque inquiétant. Elle tape sur une machine ICM.

MARCEL
Susan Hunter domine largement la compétition.

GASTON
Elle est encore donnée favorite cette année.

Rose redouble d'efforts, le visage empreint d'une réelle souffrance.

En bas de la scène, Edmond et Gilbert Japy, des badges JAPY accrochés à leur chemise, ne la quittent pas des yeux, très concentrés. À côté d'eux, les représentants de la marque concurrente (trois hommes qui arborent des badges ICM) encouragent la championne américaine.

SPEAKER
Ladies and gentlemen... Only four countries remain for the semi-finals ! The Federal Republic of Germany, France, Korea and the United States[1] *!*

Les candidates reprennent leur souffle après la demi-finale tandis que leurs entraîneurs remettent leurs machines en état. Mme Shorofsky, qui porte un badge JAPY, graisse les branches de la *Populaire.*

---

1. « Mesdames et messieurs... Seulement quatre pays restent en lice pour les demi-finales ! La R.F.A., la France, la Corée et les États-Unis ! »

La clameur du public se fait assourdissante quand le speaker annonce les résultats.

SPEAKER
It's France versus the United States !

Les voix des commentateurs recouvrent celle du speaker.

GASTON
C'est bien la France qui affrontera les États-Unis en finale !

MARCEL
Deux vieilles amies l'une contre l'autre !

La petite Coréenne est sermonnée par son entraîneur et quitte la scène, piteuse. La championne de R.F.A. donne un violent coup dans sa chaise avant de partir à son tour. Les organisateurs enlèvent les tables des perdantes.

Le brouhaha du public redouble. Sur scène, Mme Shorofsky masse les doigts de Rose, qui observe, impressionnée, Susan Hunter à côté d'elle, les jambes croisées, le buste droit, la respiration régulière, les yeux fermés, entourée par les représentants d'ICM. L'un lui masse les épaules, et les deux autres chacun une main. Susan ouvre les yeux et plante un regard menaçant sur Rose. Rose déglutit, mortifiée. Mme Shorofsky se penche vers elle.

MADAME SHOROFSKY (*à voix basse*)
Qu'est-ce que c'est que ces yeux ? On dirait Bambi.

Rose se lève d'un coup et se tourne vers l'allée qui mène *backstage*.

MADAME SHOROFSKY
Vous pensez aller où comme ça ?

ROSE
Dans les coulisses. J'ai besoin de me recentrer.

Mme Shorofsky la rassoit *manu militari*.

MADAME SHOROFSKY (*discrètement*)
Si vous vous absentez maintenant, on se rendra compte que vous n'êtes pas bien.

SPEAKER
Ladies, hands over the keyboards[1] *!*

Rose se tourne vers Madame Shorofsky qui lui lance un regard sévère avant de descendre de la scène. Rose prend une grande inspiration.
Susan Hunter et Rose, face à face, démarrent à une vitesse renversante.

GASTON
Et c'est parti ! Trois rounds de cinq minutes chacun nous séparent de la consécration de la championne du monde 1959 !

Susan retire la première feuille de son rouleau et se relance dans la course avec fluidité. Rose, le visage tordu sous l'effort, retire sa feuille, un temps de retard sur sa concurrente.

1. « Mesdemoiselles, mains sur les claviers ! »

*
* *

Un taxi jaune s'arrête devant l'Archers Theater dans un crissement de pneus. Louis sort en courant de la voiture et se rue devant le guichet d'entrée, suivi de près par Bob. Il pose de l'argent sur le comptoir et s'adresse au caissier avec un accent français très prononcé.

LOUIS
Two tickets, please[1].

Le caissier pointe une pancarte du doigt : SOLD OUT[2]. Louis est désemparé. Bob pose une liasse de billets supplémentaires sur le guichet. Le caissier n'a pas l'air convaincu. Bob rajoute encore un billet. Il leur fait finalement signe de passer.

BOB
God bless America[3] !

Louis et Bob entrent en courant.

*
* *

La sonnerie annonçant la fin de la première manche de la finale résonne. Rose et sa rivale relèvent simultanément les mains de leurs claviers.

1. « Deux entrées, s'il vous plaît. »
2. « Complet. »
3. « Dieu bénisse l'Amérique ! »

Susan Hunter, que l'effort ne semble pas avoir affectée, se met à faire des exercices de gymnastique digitale. Rose, elle, n'arrive pas à reprendre son souffle.

Louis arrive par le fond de l'orchestre, suivi par Bob. Les deux hommes se figent, époustouflés par le gigantisme de l'endroit, bondé de monde. Louis repère directement Rose au loin sur la scène. Elle ne peut le voir d'où elle est. Il s'apprête à la rejoindre.

GILBERT

Pas mal. Vous arrivez pile pour la fin de la première manche.

Gilbert se tient à côté d'eux. Louis le toise. Bob, l'air inquiet, les observe à tour de rôle.

GILBERT (*à Louis*)

Allez-y, courez retrouver votre championne, essayez de la récupérer. Si j'étais à votre place, je ferais probablement la même chose. Mais réfléchissez un peu. Comment vous croyez qu'elle va réagir en vous voyant ? Elle peut tomber dans vos bras, elle peut aussi vous repousser, elle aurait bien des raisons de le faire. Dans tous les cas, ça m'étonnerait qu'elle reste concentrée. Elle perdra. Toutes ces heures d'entraînement, tous ces sacrifices, tout ça pour quoi ? Pour détruire vous-même ce dont vous avez toujours rêvé ? Soyez courageux, laissez-la gagner.

BOB (*embêté*)
Little Japy n'a pas tout à fait tort.

Louis passe devant Gilbert et commence à se diriger vers la scène. Gilbert l'attrape par l'épaule.

GILBERT
On ne te laissera jamais l'approcher, petit assureur.

Louis se retourne et lui balance un coup de poing magistral en pleine figure. Gilbert perd l'équilibre et tombe, sonné. Bob fixe son ami, impressionné. Sans attendre, Louis part en direction de la scène. Bob prend le badge de Gilbert et siffle. Louis se retourne, Bob lui envoie le précieux sésame.

Le speaker reçoit les résultats de la première manche, qu'il commente.

SPEAKER
Susan Hunter maintains her world record of 512 strokes a minute ! (*Hourras du public.*) *Rose Pamphyle, 506 strokes a minute.*

GASTON
Pamphyle dépassée de six frappes par Hunter !

Sous les huées du public, Rose quitte sa chaise et se précipite vers les coulisses. Mme Shorofsky n'a, cette fois, pas le temps de la retenir.

GASTON

C'est impensable ! Pamphyle quitte la scène ! La France déclarerait-elle forfait à son tour ?

MARCEL

Quel gâchis ce serait, Gaston !

Rose se dirige d'un pas nerveux dans les coulisses, vers sa vieille valise, posée parmi les sacs des autres concurrentes. Les concurrentes éliminées, en compagnie de leurs entraîneurs, la regardent, surprises. Mme Shorofsky lui emboîte le pas, affolée.

MADAME SHOROFSKY

Vous ne pouvez pas renoncer, pas maintenant !

Rose ne l'écoute pas. Elle ouvre la valise et en extirpe la *Triumph* de son père, camouflée sous des vêtements et des dessous.

MADAME SHOROFSKY

Vous comptez faire quoi avec cette vieille machine ? Elle va encore plus vous ralentir.

LOUIS

La vieille machine est très bien.

Extrait du storyboard Championnat du monde
Création Maxime Rebière.

136/3 suite
Louis
136/4
136/5

Rose s'immobilise et découvre Louis qui a assisté à toute la scène. Il fixe Rose, tenaillé par l'émotion. Mme Shorofsky n'en croit pas ses yeux.

LOUIS (*à Rose*)
Tu es sans doute partie trop vite. Ça a toujours été ton défaut.

Rose le fusille du regard.

ROSE
Je croyais que c'était le tien.

Louis s'avance vers elle et pose ses mains sur les siennes, entourant la *Triumph*.
Les candidates éliminées n'en perdent pas une miette. Elles se tournent les unes vers les autres.

LA CHAMPIONNE ALLEMANDE
Was sagen sie[1] ?

LOUIS (*à Rose, remué*)
Ça fait longtemps que je me raconte que je suis heureux uniquement si je rends service. Je t'ai fait croire que tu avais besoin de mon aide, mais à la minute où je t'ai vue, j'ai su que c'est moi qui ne pourrais pas me passer de toi. Tout ce que tu fais est bon, tout ce que tu es me rend heureux.

Les candidates se traduisent ses paroles les unes aux autres.

1. « Qu'est-ce qu'ils disent ? »

LA CHAMPIONNE PORTUGAISE
Tudo que voce faz e bom[1].

LA CHAMPIONNE TCHÈQUE
Vse, co mate delat mi radost[2].

Louis et Rose ne leur prêtent pas attention. Ils semblent seuls au monde.

LOUIS (*de plus en plus ému*)
Je t'aime.

Les candidates sont au bord des larmes. Leurs traductions se chevauchent les unes les autres et font écho aux paroles de Louis.

LA CHAMPIONNE ITALIENNE
Ti amo.

LA CHAMPIONNE ALLEMANDE
Ich liebe dich.

LA CHAMPIONNE ANGLAISE (*directement à Louis*)
I love you.

Rose est bouleversée. Les candidates éliminées trépignent en attendant la réponse de Rose. Mme Shorofsky s'interpose.

---

1. « Tout ce que tu fais est bon. »
2. « Tout ce que tu es me rend heureux. »

MADAME SHOROFSKY (*à Rose*)
Si vous restez là une minute de plus, vous serez disqualifiée.

Rose plante ses yeux dans ceux de Louis.

ROSE
Un dernier conseil avant que j'y retourne ?

LOUIS (*charmé*)
Écrase-la, mon chou.

Effervescence parmi les candidates. Certaines crient des encouragements à Rose, d'autres sèchent leurs larmes. Rose sort, sa *Triumph* dans les bras, et esquisse un petit sourire. Louis la regarde partir, conquis.

Rose rejoint sa table d'un pas décidé. Elle pose la *Populaire* au sol et place la *Triumph* devant elle. Edmond Japy et Gilbert, se tenant douloureusement la joue, se précipitent vers elle.

EDMOND JAPY
Qu'est-ce que vous fabriquez ? Vous ne pouvez pas changer de machine en plein championnat du monde !

Rose change nonchalamment le ruban de la machine pour toute réponse.

EDMOND JAPY
Si vous ne reprenez pas la *Populaire* immédiatement, vous devrez me rembourser chaque centime que j'ai déboursé pour vous.

ROSE
Je vous ai déjà rapporté le double.

GILBERT
Si tu ne le fais pas pour mon père, fais-le pour moi.

Rose hausse les épaules.

ROSE
Il n'était pas si extra, ce baiser, Gilbert.

Gilbert encaisse. La sonnerie annonçant le début de la seconde manche retentit.
Rose met les mains au-dessus de son vieux clavier en bakélite, confiante.
Louis rejoint Bob, au bas de la scène, à côté des représentants de la marque ICM.

BOB (*à Rose*)
Ne me déçois pas, *kid* ! J'ai parié sur toi sur ce coup-là !

Rose lui fait un clin d'œil.

SPEAKER
Ladies... Hands over the keyboards[1] *!*

1. « Mesdemoiselles... mains sur les claviers ! »

Rose et Susan démarrent sur les chapeaux de roue, au coude à coude, tandis que les Japy s'éloignent, contrits. Transportée, Rose prend progressivement de l'avance.

L'horloge murale décompte le temps. Il ne reste que cinquante secondes. Rose est possédée.

GASTON

Pamphyle semble avoir repris du poil de la bête !

MARCEL

Je ne l'ai jamais vue aussi rapide, c'est dire ! Elle est bel et bien capable d'un exploit !

Louis et Bob, au pied de la scène, sont fascinés.
Le chronomètre indique dix secondes.
Soudain, les tiges de la machine *Triumph* se bloquent, formant une sorte de paquet emmêlé. Cris de stupeur dans le public.
Louis et Bob tressaillent.

BOB

Damn ! The... The... things are blocked[1] *!*

GASTON

Oh, mon Dieu ! Oh, mon Dieu ! Non !

MARCEL

Pamphyle ne peut plus taper une ligne ! Quelle catastrophe !

---

1. « Mon Dieu ! Les... Les... trucs sont bloqués ! »

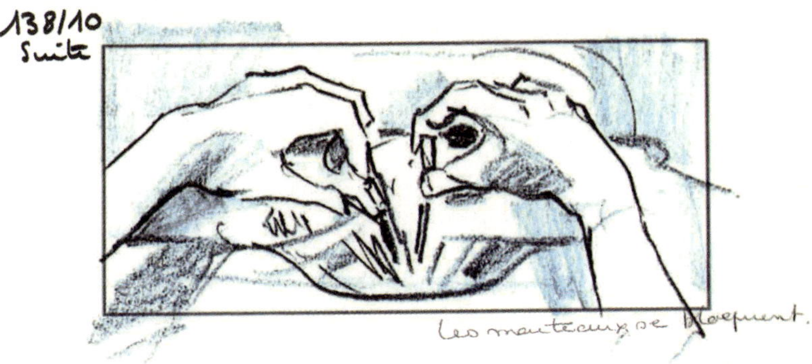

Extrait du storyboard Championnat du monde
Création Maxime Rebière.

Susan Hunter continue de taper. Rose maîtrise sa panique et entreprend de remettre les branches en ordre, à toute vitesse. Elle y parvient, se jette sur son clavier et fait quelques frappes en donnant tout ce qu'elle a. Mais le sifflet de fin de compétition retentit. Dépitée, elle lève les mains.

Louis est défait.

BOB (*il soupire*)
She's faster than the machine[1].

LOUIS
Je sais... Tu vas me prendre pour un fou, mais quand j'entraînais Rose... Ça m'obsède. Je me dis que la seule façon pour que la machine aille aussi vite qu'elle... (*Il fouille dans les poches de sa veste...*) C'est de réunir toutes les lettres sur un seul support. (*Il gribouille un*

1. « Elle va plus vite que la machine. »

dessin sur un calepin.) Il faudrait un mécanisme, pas plus grand qu'une balle de...

Bob (*penché sur le dessin*)
De golf ! C'est une balle de golf !

Bob s'empare du petit calepin et se met à dessiner comme s'il avait eu une révélation. Il tend le croquis à Louis qui observe le speaker : ce dernier reçoit les résultats de la manche.

Bob
Je le vends, on fait *fifty-fifty*.

Louis pose la main sur le bras de Bob pour qu'il se taise.

Speaker
The winner of the second part of the final round is... Rose Pamphyle, with 510 strokes a minute. Susan Hunter, 509 a minute[1].

Louis se tourne vers Bob, incrédule.

Bob (*mauvaise foi*)
Il faut croire aux miracles ! C'est ce que j'ai toujours dit.

Louis se marre.
Susan Hunter se penche vers Rose, sarcastique, et s'adresse à elle dans un français parfait.

1. « La vainqueur de la seconde manche des finales est... Rose Pamphyle avec 510 frappes à la minute. Susan Hunter, 509 à la minute. »

Susan Hunter

Moi qui pensais que les Françaises n'étaient bonnes qu'en cuisine.

La sonnerie de la dernière manche retentit. Susan Hunter se précipite sur son clavier. Rose, déconcentrée par la remarque de sa rivale, part avec quelques secondes de retard.

Mais elle tape plus vite que jamais sur son clavier. Louis la dévore des yeux.

*
* *

La tension monte de plus en plus mais pas uniquement dans la chaleur survoltée de l'Archers Theater.

C'est l'aube chez les Taylor. Marie, son tablier sur les hanches, est en train de préparer le petit déjeuner. Elle met une casserole de lait à bouillir. La radio est allumée derrière elle.

Gaston

Dernière ligne droite pour Pamphyle !

Marcel

Tout est possible, Gaston, tout est possible.

*
* *

Rose redouble d'efforts. Son souffle s'accélère. Le souffle de Louis s'accélère aussi. Les marteaux de la *Triumph* se frôlent dangereusement.

*

* *

Georges, le père de Louis, encore dans son lit, l'air très concentré, écoute la radio, posée sur une chaise à ses côtés, dans une chambre confortable de sa résidence estivale.

GASTON
Notre championne semble possédée par sa machine !

MARCEL
C'est elle qui possède la machine, vous voulez dire !

Madeleine arrive derrière son mari, en portant un plateau avec deux tasses, une cafetière et le sucre. Le bruit de la vaisselle qui s'entrechoque tinte à peine. Georges se retourne vers sa femme, l'air furieux.

GEORGES
Chut !

Il se tourne à nouveau vers la radio en reprenant un air pénétré. Madeleine reste pantoise, immobile, son plateau dans les bras.

GASTON
... Plus que quarante secondes avant la fin de l'épreuve...

*

* *

Les marteaux de la *Triumph* semblent pouvoir s'entrechoquer à tout moment. Rose s'acharne sur son clavier, le visage baigné de transpiration. Louis est en sueur et respire à la même cadence folle.

*

* *

Le BAZAR PAMPHYLE est bondé. Certains sont encore en pyjama ! Jean n'arrive pas à masquer son anxiété, l'oreille vissée sur un poste de radio. Françoise est dans tous ses états.

MARCEL

... Pamphyle sur sa Triumph *est à deux doigts de la victoire, si je puis dire !*

Jean est très ému.

*
* *

Rose, les cheveux défaits, le corsage de travers, pousse des petits cris à chaque frappe. Louis est en totale osmose avec elle.

LOUIS
Oui... Oui... Vas-y...

GASTON
Trente secondes...

*
* *

Georges trépigne en tapant de plus en plus nerveusement du pied, le regard rivé sur la radio. Madeleine, son plateau toujours dans les bras, essaie de poser la cafetière sur la table de nuit, à ses côtés, le plus silencieusement possible.

GASTON
Vingt secondes...

Georges bloque le bras de Madeleine.

GEORGES
Madeleine !!!!!

Madeleine grimace, la cafetière en suspens dans une main et le plateau dans l'autre.

*

* *

Sous la casserole de Marie, le feu s'amplifie. Le lait déborde. Marie, l'oreille rivée à la radio, ne s'en rend pas compte.

GASTON
Dix secondes…

Soudain, la casserole prend feu. Marie pousse un hurlement.

*

* *

Le sifflet de fin de compétition retentit. Rose lève ses mains du clavier en poussant un souffle de pur plaisir. Elle rejette sa tête en arrière. Louis est écarlate. Le public applaudit.

*

* *

Tout le monde est figé, à cran, dans le bazar. Une cliente fait un malaise et atterrit dans les bras du père de Rose.

*

* *

Les membres du jury comptabilisent les frappes et semblent se disputer au-dessus des résultats. Bob observe son croquis. Son regard se pose sur les représentants de la marque ICM.

Rose reprend son souffle. Elle aperçoit Louis qui s'avance. Elle se lève, encore étourdie.

Bob accoste les représentants de la marque ICM en brandissant son croquis.

Louis et Rose se font face.

LOUIS (*il la dévore des yeux*)
Belle performance, mon chou.

ROSE (*le souffle court*)
Je pensais qu'un bon entraîneur ne faisait jamais de compliments à son athlète.

LOUIS (*submergé de désir*)
Je ne suis plus ton entraîneur.

Le président du jury et ses membres se concertent. Le président acquiesce.

Les représentants d'ICM sont tous trois penchés au-dessus du croquis de Bob.

LE REPRÉSENTANT ICM
Do you realize with this... little ball, anyone could type as fast as the world champion[1] *?*

BOB
Exactly ! Everybody's gonna be the champion[2] *!*

---

1. « Vous vous rendez compte qu'avec cette... petite balle, n'importe qui pourra taper aussi vite qu'un champion du monde ? »
2. « Tout à fait ! Tout le monde sera le champion ! »

150/3

150/4

150/5

Extrait du storyboard Championnat du monde
Création Maxime Rebière.

Louis se rapproche encore de Rose et l'embrasse passionnément.

SPEAKER
Ladies and gentlemen[1]...

Tout le monde retient son souffle dans le BAZAR PAMPHYLE.

SPEAKER
The International Speed-Typing Federation is proud to announce...

MARCEL
La Fédération internationale de vitesse dactylographique est fière d'annoncer...

Rose et Louis s'embrassent de plus belle.

Marie finit d'éteindre la casserole, cramée et fumante.

SPEAKER
... *with 515 strokes a minute...*

MARCEL
... qu'avec cinq cent quinze frappes à la minute...

1. « Mesdames et messieurs... »

Madeleine, qui n'a pas bougé, se mord la lèvre, anxieuse, tandis que Georges est au bord de l'attaque.

SPEAKER
... smashing the world record...

MARCEL
... pulvérisant le record du monde...

SPEAKER
... The fastest girl in the world is... Rose Pamphyle[1] *!*

Louis et Rose, dans les bras l'un de l'autre, sont immédiatement entourés par une meute de photographes. Le public applaudit à tout rompre.

Marie pousse un hurlement de joie. Sur le pas de la porte, Joe et Simone, interloqués, la regardent sautiller toute seule devant ses fourneaux.

Georges se lève d'un bond et prend sa femme dans ses bras. Cette dernière en fait tomber son plateau et la cafetière, qui valdinguent dans un bruit épouvantable. Georges, tout à sa joie, ne relève même pas.

GEORGES
Ça c'est du Echard ! Bien joué, mon fils !

1. « La fille la plus rapide du monde est... Rose Pamphyle ! »

MADELEINE
C'est le mien, aussi !

GEORGES
C'est moi qui lui ai appris à se battre ! La petite me doit une fière chandelle !

MADELEINE
Georges...

Georges la serre contre lui de plus belle.

C'est l'hystérie dans le bazar. Seul Jean reste immobile, incrédule, au bord des larmes. Françoise le prend dans ses bras.

JEAN (*très ému*)
Rose a tout pris de sa mère. De nous deux, c'est ma Marguerite qui a toujours été la plus forte.

Françoise l'embrasse avec énergie sur la joue.

Bob prend l'un des représentants d'ICM dans ses bras, qui, surpris, se laisse faire. Les deux autres font franchement la tête devant le résultat.

LE REPRÉSENTANT ICM
If a French guy invented this, why the hell did you come to me[1] *?*

1. « Si c'est un Français qui a inventé ça, pourquoi diable êtes-vous venu vers moi ? »

Bob
America for business, France for love[1].

Les représentants de la marque ICM se fendent d'un sourire.

Derrière eux, la foule s'amasse autour de Louis et de Rose, enlacés. Les flashs crépitent, la lumière les submerge.

La boule inventée par Louis et Bob tourne au-dessus d'une page vierge pour y inscrire :

FIN

1. « L'Amérique pour les affaires, la France pour l'amour. »

Affiche Championnat du monde de vitesse dactylographique
Création équipe décoration.

Quand la réalité rejoint la fiction…

Le réalisateur entouré des dactylos du film. Pendant le tournage, près de quatre-vingt dactylos de trois nationalités différentes se sont relayées pour battre des records de vitesse.

30 juin 1957. Quatre jeunes femmes devant leur machine à écrire pour le concours de dactylographie de la Chambre de Commerce de Paris qui comptait alors 1 500 participantes.
(© Photo by Keystone/Hulton Archive/Getty Images)

6 avril 1935. Cinquante des meilleures secrétaires britanniques s'affrontent pour le titre de championne dactylographique 1935 et gagner 100 guinées à l'hôtel Russell de Russell Square à Londres.
(© Photo by Miller/Topical Press Agency/Getty Images)

25 juin 1939, Paris. Concours de dactylographie les yeux bandés.
(© Photo by FPG/Hulton Archive/Getty Images)

Les Championnats de France

SEIZIÈME TOURNOI DACTYLOGRAPHIQUE DE FRANCE

Epreuve du 1/4 d'heure

Commencez ci-dessous

Balzac a un sentiment de la vie privée très profond, très fin, et qui va souvent jusqu'à la minutie du détail et à la superstition ; il sait vous émouvoir et vous faire palpiter dès l'abord, rien qu'à vous décrire une allée, une salle à manger, un ameublement. Il devine les mystères de la vie de province, il les invente parfois ; il méconnaît le plus souvent et viole ce que ce genre de vie, avec la poésie qu'elle recèle, a de discret avant tout, de pudique et de voilé. Les parties moins délicates au moral lui reviennent mieux. Il a une multitude de remarques rapides sur les vieilles filles, les vieilles femmes, les filles disgraciées ou contrefaites, les jeunes femmes étiolées et malades, les amantes sacrifiées et dévouées, les célibataires, les avares : on se demande où il a pu, avec son train d'imagination pétulante, discerner, amasser tout cela. Il est vrai que Balzac ne procède pas à coup sûr, et que dans ses productions nombreuses, dont quelques-unes nous semblent presque admirables, touchantes, délicieuses ou piquantes et d'un fin comique d'observation, il y a un pêle-mêle effrayant. Je n'ose me flatter d'avoir tout lu. Il y a quelque chose à goûter dans chacun sans doute ; mais combien de pertes et de prolixités.

Dans l'invention d'un sujet, comme dans le détail du style, Balzac a la plume courante, inégale, scabreuse ; il va, il part doucement au pas, il galope à merveille, et voilà tout d'un coup qu'il s'abat, sauf à se relever pour retomber encore. La plupart de ses commencements sont à ravir ; mais ses fins d'histoires dégénèrent ou deviennent excessives. Il y a un moment, un point où, malgré lui, il s'emporte. Son sang froid d'observateur lui échappe ; une détente lui part, pour ainsi dire, au dedans du cerveau et enlève à cent lieues les conclusions.

Il ne faut pas lui conseiller de se choisir, de se réprimer, mais d'aller et de poursuivre toujours : on se rattrape avec lui sur la quantité. Il est un peu comme ces généraux qui n'emportent la moindre position qu'en prodiguant le sang des troupes et qu'en perdant énormément de monde. Mais, bien que l'économie des moyens doit compter, l'essentiel après tout, c'est d'arriver à un résultat, et en mainte occasion il est et demeure victorieux.

Balzac fut un peintre de mœurs de ce temps-ci, et il en est peut-être le plus original, le plus approprié et le plus pénétrant. De bonne heure, il a considéré son siècle comme son sujet, comme sa chose ; il s'y est jeté avec ardeur et n'en est point sorti. La société est comme une femme, elle veut son peintre à elle toute seule ; il l'a été ; il n'a rien eu de la tradition en la peignant ; il a renouvelé les procédés et les artifices du pinceau à l'usage de cette ambitieuse et coquette société qui tenait à ne dater que d'elle-même et à ne ressembler à nulle autre ; elle l'en a d'autant plus chéri.

Texte d'une manche de Championnat de France de vitesse dactylographique.

Comité International de Perfectionnement Dactylographique

FICHE DE CORRECTIONS

N° 117 Nom : Allaert A. Ecole : I.T.A.E.

NOMBRE DE FRAPPES					2252
Erreurs de frappe	4				
Erreurs de copie					
TOTAL	4	comptant pour	100		
Erreurs de présentation, chacune 10 pts sans aggravation :					
Règle 3 : Long. moy. des lig.					
Règle 4 : Fin de page dérégl.					
Règle 5 : Nbr. de lign. à la p.					
Règle 6 : Fin de ligne irrégul.	2				
Règle 8 : Alinéa irrégulier					
Règle 9 : Mauvais interlign.					
Règle 10 : Gommage visible					
TOTAL	2	comptant pour	20		
		TOTAL	120	pts à soustraire	120
		NOMBRE DE FRAPPES : Net			2132

Représentant

24 Mots/Minute

Mention sans

et Professionnel | VITESSE ELEMENTAIRE | 160774 | 24 mots | 8m | 20/6/78

Document officiel – décompte du nombre de frappes en compétition.

Les Championnats du monde

1922 – Ce Championnat organisé en Californie fait salle comble.

21 Novembre 1952

TABLEAU COMPARATIF DES DECOMPTES EN LANGUE FRANCAISE ET EN LANGUES ANGLAISE, ESPAGNOLE ET ITALIENNE.

(voir tableau spécial pour langue Allemande)

Français 1 mot = 1,8 syllabes.
Anglais 1 mot = 1,6 syllabes.
Espagnol 1 mot = 2 syllabes.
Italien 1 mot = 2 syllabes.
Allemand 1" = 1,5

MOTS	Nombre de syllabes en Français	Nombre de syllabes en Anglais	Nombre de syllabes en Espagnol et Italien
60	I08	96	I20
70	I26	112	I40
80	I44	I28	I60
90	I62	I44	I80
I00	I80	I60	200
II0	I98	I76	220
I20	2I6	I92	240
I30	234	208	260
I40	252	224	280
I50	270	240	300
I60	288	256	320
I70	306	272	340
I80	324	288	360
I90	342	304	380
200	360	320	400

Document permettant la constitution de textes de difficulté équivalente dans différentes langues.

Les secrétaires sont des stars

Les secrétaires inspirent Jack Ary
qui leur dédie un cha cha en 1959.

Pour le tournage, près de 120 machines à écrire de marque *Japy, ICM, Triumph, Olivetti, Remington, Hermès, Smith Corona*, etc., ont été rassemblées et restaurées.